josef haslinger

zugvögel

erzählungen

s. fischer

Nur in der ersten Auflage dieses Buches ist die CD

josef haslinger: amerika. ein reiseepos.
mit musik von bertl mütter und werner puntigam

beigelegt.

Satz: H & G Herstellung, Hamburg
Druck und Bindung: Clausen & Bosse, Leck
Printed in Germany
ISBN 13: 978-3-10-030057-7
ISBN 10: 3-10-030057-2

inhalt

ich hatte in frankfurt zu tun

liegt das zimmer an der straßenseite, fragte ich die frau an der rezeption.

nein, sagte sie, es liegt zum hof und ist ganz ruhig. wenn sie das bitte ausfüllen.

ich möchte aber ein straßenseitiges zimmer, sagte ich. und möglichst im dritten oder vierten stock.

sie zog den computer zu rate. aus ihrem kostüm quollen weiße rüschen. da hab ich eins, sagte sie, das ist dann aber schon etwas lauter, das geht zur bockenheimer landstraße hinaus.

großartig, das möchte ich.

sie sah mich an, als habe sie ein sicherheitsrisiko abzuwägen. ich fügte freundlich hinzu: dort habe ich früher gewohnt.

sie drückte ein paar tasten und blickte dabei mit einer ernsthaftigkeit auf den bildschirm, als hätten dort in roter schrift die worte security alert zu blinken begonnen. sie wollte die augen nicht mehr vom bildschirm wenden.

sie sind nicht im computer, sagte sie.

ich habe hier gewohnt, bevor es diesen computer und dieses hotel gab.

sie schien darüber nachzudenken. dann fragte sie, war da vorher auch ein hotel?

nein, ein wohnhaus, sagte ich. es wurde abgerissen.

nun würden erst recht ihre alarmglocken läuten, dachte ich. doch sie war zu jung, um in der hessenschau gesehen zu haben, wie polizisten in kriegsmontur mit kettensägen und äxten in ein haus eindrangen und alle bewohner verhafteten. und ich kam mir plötzlich blöd dabei vor, ihr meine geschichten aufzudrängen. während sie sich hinabbeugte, um eine magnetkarte aus dem fach zu nehmen, kam bewegung in ihr gebüsch aus weißen rüschen.

sie schrieb auf meinen zimmerausweis die nummer 412. das war im vierten stock. damals hatte ich auch im vierten stock gewohnt, in der kleinsten wohnung des hauses. sie bestand aus einem zimmer und einem nebenraum, in dem mein mitbewohner, der biber, ein pissrohr angebracht hatte, das in den abfluss der dusche führte. es funktionierte ganz einfach. man nahm den gummistöpsel vom rohr und versenkte sein ding in die feuchten rückstände der vorbenutzer. die frauen durften in die dusche pissen, oder sie mussten ein halbes stockwerk tiefer auf die toilette gehen. die wurde allerdings von halb frankfurt benutzt und ließ sich nicht abschließen. man musste die tür mit einer schnur zuhalten. dafür wurde man mit vielen sprüchen belohnt. gott ist tot, nietzsche ist tot und mir ist auch schon ganz schlecht.

ein junger mann, dessen gegelte haare an die dachkonstruktion des opernhauses von sydney erinnerten, ließ es

sich nicht nehmen, meinen kleinen rollkoffer auf das zimmer zu bringen, auch wenn ich selbst noch in der empfangshalle blieb. ich setzte mich in einen von rosensträuchern umrankten fauteuil. in etwa einer halben stunde sollte der biber kommen. ich hatte ihn mehr als dreißig jahre lang nicht gesehen.

die frau an der rezeption war mit neuen hotelgästen beschäftigt. von der seite betrachtet glichen ihre rüschen einer großen nelke. ich war im hôtel des fleurs. jetzt erst ging mir die bedeutung des namens auf. die lobby war ein gewächshaus. die polstermöbel und glastische waren umschlungen von rosen, tulpen, nelken, orchideen und üppigem grünzeug.

nichts, aber auch schon gar nichts, erinnerte an das haus, in dem ich mit sechzehn jahren gewohnt hatte. der alte, von innen mit balken zugenagelte hauseingang musste etwa dort gewesen sein, wo jetzt die palme stand. dann war da, wo ich jetzt saß, der treppenaufgang, und da vorne beim empfang der eingang zu dimis wohnung. die rüschenfrau stand in der wohnung des fürsten dimitri von tujonov. mindestens im vorzimmer, vielleicht aber auch in dem raum, in dem dimi seine grippemittel, ohrentropfen und abführtabletten gelagert hatte.

seine hoheit dimi, groß und glatzköpfig, war der älteste im haus. er war für die gesundheit zuständig. er hielt sich etwas darauf zugute, der abgefallene spross einer russischen adelsfamilie zu sein. er wolle als arzt nicht dem arbeitszwang dienen, sondern für die revolution leben. seine heilkunst hatte in unserem haus viel gestank verursacht. kack dich aus, war meist sein erster kommentar, ganz

gleich was uns fehlte. er hatte in einer klinik einen ganzen karton mit abführtabletten entwendet. im klauen war fürst dimitri von tujonov der beste gewesen.

der biber wiederum war für alles technische zuständig. sein ruf reichte weit über unser haus hinaus. immer wenn irgendwo ein stromzähler zu überbrücken oder auf einem podium eine lautsprecheranlage aufzubauen war, wurde nach dem biber gefragt. er tat alles in ruhe und ließ sich von niemandem hetzen. bei einer kundgebung vor der alten oper musste herbert marcuse mit seiner rede eine halbe stunde warten, weil der biber noch kabel verlegte. stress hatte er nur ein einziges mal. das war beim aufbau der tonanlage für das konzert von deep purple. er kam um sieben uhr in der früh mit der tastatur einer hammondorgel nach hause und schlief dann den ganzen tag. am abend rauchte er mit uns einen shillum. plötzlich stand er auf, nahm die tastatur zur hand und hielt sie wie eine trophäe in die höhe.

das hier ist heilig, sagte er. darauf hat jon lord gespielt.

er drückte das ding wie ein baby an seine brust und tanzte durch den raum. dann gähnte er ein paar mal und ging zu bett. wir legten platten von led zeppelin und black sabbath auf. der biber hielt auch im bett das keyboard umschlungen.

ich war zu ferienbeginn per autostopp nach frankfurt gefahren, in die berüchtigte stadt der gammler und revoluzzer. zuerst ging ich in den grüneburgpark, um eine bleibe für die nacht zu suchen. im gras saß ein langhaariger in grüner hose und offenem hemd.

weißt du zufällig, wo ich hier übernachten kann, fragte ich ihn. er saß im yoga-sitz da und schien so mit der beobachtung des flugs einer frisbee-scheibe beschäftigt zu sein, dass ich unsicher war, ob er meine frage überhaupt mitgekriegt hatte. als ich schon weitergehen wollte, um mich von der abfuhr zu erholen und neue courage zu sammeln, warf er mir doch noch einen blick zu.

hast du es schon in einem studentenheim versucht?

würde ich ja gerne machen, sagte ich, aber es ist mein erster tag in der stadt. ich kenn mich nicht aus.

kommst du aus bayern?

im laufe der zeit sollte ich mich an diese frage gewöhnen, aber damals kam sie überraschend für mich. bei uns hätte kein mensch einen österreicher mit einem bayern verwechselt. um der schwierigen erklärung, wo groß gerungs liegt, auszuweichen, sagte ich wien, und das entlockte meinem ersten frankfurter gammler immerhin ein lächeln.

magst du klassische musik, fragte er, und ich sagte ja, obwohl auch das nicht ganz stimmte. dann meinte er, wie nebenbei: wenn du noch ein wenig wartest, kannst du mitkommen.

ich setzte mich zu ihm ins gras. er drehte sich eine dünne zigarette und gab das päckchen an mich weiter. ich bin der biber, sagte er.

joe, sagte ich und tat so, als würde ich schon ewig zigaretten drehen. es lief doch ganz gut. man musste sich nur trauen, jemanden anzusprechen. und schon hatte ich einen schlafplatz. bei meiner zigarette schauten tabakkrümel aus dem kleberand, aber sie ließ sich rauchen. ich lehnte mich auf meinen schlafsack zurück und sah nun ebenfalls

den frisbee-spielern zu. sie waren uns näher gekommen. einer in jeans und mit nacktem oberkörper lief knapp an uns vorbei, um die scheibe aufzufangen. sorry, rief er zurück. um seinen hals tanzte eine kette mit einem metallplättchen. es war mein erster gi.

ein paar tage, nachdem ich beim biber eingezogen war, bekam ich einen job als lagerarbeiter im barsortiment von libri. einer aus unserem haus hatte mir die adresse genannt. bei libri arbeiteten hauptsächlich studenten. ich war vom personalchef dem lager fünf zugeteilt worden und war damit zuständig für die autoren mit den anfangsbuchstaben l bis p. hardcover. auf einem förderband rollten kartons vorbei, an denen die bestellzettel der buchhändler befestigt waren. ich kletterte den ganzen tag die leitern auf und ab, um bücher aus den regalen zu holen. wenn ich eine liste abgearbeitet hatte, schupste ich den karton über eine rutsche auf das förderband des unteren stockwerks hinab. manche kartons traten ihren weg durch das haus noch ein zweites mal an, weil auf den einzelnen etappen bücher nicht nur hineingelegt, sondern auch herausgenommen wurden. einmal kam ein karton hartnäckig immer wieder zurück. und jedes mal fehlte dasselbe buch. adolf holl: jesus in schlechter gesellschaft. solange, bis vom lager vier das buch als nachbestellt gemeldet wurde.

in der mittagspause ging ich gemeinsam mit anderen arbeitskollegen ein stück die mainzer landstrasse hinauf, zum platz der republik. dort war ein würstelstand, an dem viele aus den umliegenden büros ihr mittagessen einnahmen. vor mir stand ein mädchen in jeans. sie roch nach

einem duft, den ich damals noch nicht kannte, der mir aber von da an immer häufiger auffiel. es war moschus. die blonden haare reichten ihr bis zur hüfte. sie bestellte currywurst. und so bestellte auch ich meine erste currywurst. um die bude herum standen viele leute. das mädchen setzte sich auf die gehsteigkante, und ich setzte mich zu ihr. sie hieß martina, sie war eine arbeitskollegin bei libri. lager vier, buchstabe a bis k. lager vier war im selben stock wie lager fünf. martina war in meinem alter. noch auf der gehsteigkante bekam ich heraus, dass sie mit ihren eltern probleme hatte. wir passten also gut zusammen. sie wohnte in kronberg. ihr vater war studienrat.

es gab im lager fünf einen notausgang, der hinter den regalen versteckt war und in ein unbenutztes treppenhaus führte. dort trafen wir uns mehrmals am tag, um zigaretten zu rauchen. und dort küssten wir uns. das küssen gehörte bald zum zigarettenrauchen dazu. sie sagte, dass sie einen freund habe, aber der sei in letzter zeit komisch geworden. ich wusste nicht recht, was sie damit meinte, wagte es aber auch nicht, sie zu fragen. immerhin war er ihr freund, und ich konnte froh sein, dass sie mich küsste. auch wenn das küssen von da an weniger spass machte, weil ich mich selbst dabei beobachtete.

am abend begleitete ich martina zur s-bahn. wir setzten uns am ende des bahnsteigs auf eine bank und verbrachten die zeit mit rauchen und küssen. ich blies ihr den zigarettenrauch in den mund, sie leckte mein auge und steckte ihre zunge in mein ohr. beides war neuland für mich. ich tat das dann auch, konnte mich aber mit dem ohrenschmalz nicht anfreunden. ich fragte sie, ob sie kiffe, und

sie sagte, sie habe bislang nur mit ihrem freund gekifft. und dann fragte ich sie, ob sie auch einmal mit mir kiffen würde, und sie sagte, mal sehen. als dann wieder ein zug zur abfahrt bereit stand, gingen wir zur waggontür, blieben aber eng umschlungen. sie sagte, jetzt muss ich endlich heimfahren. der abschiedskuss war auch wichtig, und so versäumte sie erneut die s-bahn. als sie dann wirklich einstieg, stellte ich mich vor das fenster. wir sprachen mit großen mundbewegungen, ohne einander zu verstehen. man benimmt sich komisch, wenn man nicht komisch sein will.

während ich in der hotellobby auf den biber wartete, kam eine weitere blumenfrau auf mich zu. ihre rüschen waren rosa und zu einer pfingstrose geformt. sie fragte mich, ob ich etwas trinken wolle. ich bestellte einen makers mark mit ein wenig eis. sie rückte eine vase zurecht und stellte ein geblümtes schälchen mit nüssen auf den glastisch. ich fragte: ist hier auch die bettwäsche geblümt?

oh, lachte sie, das weiß ich gar nicht. ich war hier noch nie in einem zimmer.

als sie mit dem getränk zurückkam, sagte sie: ich habe mich erkundigt. die bettwäsche ist weiß. blumen sind nur auf den bildern. das muss sein.

das muss sein, wiederholte ich. sie zog sich hinter eine hecke zurück, kam aber bald wieder hervor, weil gäste im rosengarten platz nahmen. ich behielt den eingang im auge.

eine woche zuvor hatte mich ein dieter groll aus frankfurt angerufen. er sagte, er sei nun tontechniker beim hessischen rundfunk. er freue sich, mich endlich wieder zu

sehen. ob ich nicht schon am abend vor meinen aufnahmen kommen könne. wir könnten ausgehen und über alte zeiten reden.

wie heißt du?

dieter groll, der biber. du kennst mich doch noch.

ja, ich kannte ihn noch. ich hatte bloß vergessen, dass er dieter groll hieß. so hatte ihn damals auch niemand genannt. und dann sagte er noch: ich reserviere dir ein zimmer in unserem haus.

in unserem haus? das wurde doch abgerissen.

fahr einfach heim, sagte er. dann wirst du schon sehen.

der junge mit der opernhaus-frisur hielt einem alten mann die tür auf. der setzte behutsam seinen stock auf den boden, nur ein kleines stück vor die beine, dann machte er einen schritt und zog das andere bein nach. so bewegte er sich langsam auf die nelkenfrau zu. vor der rezeption blieb er stehen und schaute sich um. es war der biber. sein kopf war kahl geworden. die übrig gebliebenen haare waren grau und hingen ihm über die ohren und in den nacken. ein bisschen sah er nun dimi ähnlich. als er mich erblickte, rief er durch die lobby: joe! es klang wie tscho.

ich ging auf ihn zu. mensch, tscho, sagte er noch einmal.

auch am telefon war mir seine stimme fremd vorgekommen. aber wir hatten uns eine ewigkeit nicht gesehen. ich umarmte ihn. er drückte mir seinen stock von hinten auf die schulter.

dass ich dich noch einmal sehe, sagte er. das ist ein ding.

es war, als ob er mühe hätte, die worte richtig auszusprechen. ich drückte meinen kopf an den seinen. was ist mit dir passiert, wollte ich fragen, doch ich scheute im selben

moment vor dieser frage zurück. ich löste mich aus der umarmung. sein mund hatte ein verzerrtes lächeln. er nickte dabei ein wenig.

ich erzähls dir gleich, sagte er und deutete mit dem stock zur sitzgruppe.

ich wollte ihm beim gehen behilflich sein, aber das ließ er nicht zu.

du weißt nicht, wie gut das schon geht. vor drei monaten war ich noch im rollstuhl.

er schob sich in seinem langsamen dreischritt vorwärts, prüfte mit dem stock die sitzunterlage eines stuhls und ließ sich dann darauf fallen. den stock wollte er an den tisch lehnen, aber dort rutschte er an der glaskante weg. er ließ ihn auf dem boden liegen.

was willst du trinken, fragte ich.

der biber griff mit der rechten hand nach dem linken, herabhängenden unterarm und legte ihn auf seinen schoss.

was trinkst du, fragte er.

bourbon.

dann trinke ich auch bourbon.

die pfingstrose hatte uns von ihrem platz hinter der hecke beobachtet. ich streckte zwei finger in die höhe und sie schien zu verstehen. der biber schaute sich in der lobby um und lachte plötzlich laut heraus. dabei verzog sich sein gesicht zu einer grimasse. er lachte nur mit einer hälfte. die andere hälfte lachte nicht mit, sondern wurde nur verzogen.

ich habe einen schlaganfall gehabt, sagte er. und dann erzählte er mir, langsam, aber dabei doch flüssig, dass es im studio passiert war. er hatte gerade die mikrophone ein-

geschaltet, begann die regler hochzuziehen, da merkte er, dass die hände träge wurden. sie wollten nicht mehr richtig mitmachen, sie wurden schwer und sanken auf das mischpult. ein leichter schwindel erfasste ihn. hinter der glasscheibe machten die schauspieler weiter ihre tonproben. passt das jetzt so? und der regisseur sagte: gib ihm ein bisschen hall drauf. aber der biber konnte den grünen knopf nicht mehr drücken und er konnte auch nicht mehr antworten. es dauerte eine weile, bis die im aufnahmeraum begriffen, was los war. da war der biber schon auf seinem drehstuhl zusammengesunken. er wusste, dass er gleich hinunterfallen würde. er konnte nichts dagegen tun. er rutschte einfach weg. dann liefen alle zur tür herein, rissen ihm das hemd auf und redeten durcheinander. am anfang konnte er es noch verstehen, aber dann rückten die anderen immer weiter weg und ihre stimmen wurden gedämpfter, bis er sie nur noch als eine ferne geräuschkulisse wahrnahm.

ich wusste nicht, was es war, sagte er, aber mir war klar, dass ich gleich abtrete. das letzte bild war wie eine dampfsauna. ich sah alles nur noch schemenhaft und spürte schweiß, kalten schweiß, dann war ich weg. für 75 tage.

75 tage?

neben mir stand die pfingstrose und servierte die drinks. sie hatte auch ein neues schälchen mit nüssen gebracht.

hast du 75 tage gesagt, fragte ich.

ja, sagte er, es war verdammt knapp.

er hob das glas und prostete mir zu. er trank vorsichtig einen schluck, dann schaute er sich erneut in der lobby um. er schien, genauso wie ich es getan hatte, darüber

nachzudenken, wo der eingang gewesen war, wo die treppe, wo dimis wohnung.

er schaute mich einen moment an und sagte: wir sollten das hôtel des fleurs anzünden.

dann lachte er wieder mit seinem verzerrten gesicht, und ich fragte mich, ob man sich an dieses lachen gewöhnen kann.

wie war das, als du aufgewacht bist, fragte ich.

zuerst hatte ich das gefühl, als würde jemand etwas sagen. ich hab es immer deutlicher gehört. ich mach die augen auf und da ist ein arzt, der auf mich einspricht. er sagt: herr groll, sie wissen, dass sie gelähmt sind. das war der erste satz, den ich mitgekriegt habe. herr groll, sie wissen, dass sie gelähmt sind. ich habe den satz nicht gleich kapiert. aber ich habe trotzdem gewusst, der satz ist wichtig, ich muss ihn behalten. und dann merkte ich langsam, dass ich nichts mehr kann, gar nichts mehr. ich hab nicht einmal gewusst, wie man den kopf bewegt. erst nach einem jahr habe ich wieder zu reden begonnen. also, schau mich an. mir geht es gut.

als wir damals vom grüneburgpark ins westend schlenderten, ich hatte den schlafsack und eine ausgefranste tasche um die schultern, der biber trug eine decke unter dem arm, erzählte er mir, dass er in einem besetzten haus wohne. da sei immer irgendwo platz. zur not könne ich auch bei ihm pennen. als ich das besetzte haus dann sah, geriet ich in eine ganz eigene art von erregung, in eine stimmung, dass ich jetzt etwas großes erlebe. aus den fenstern hingen transparente, und das war nicht nur bei diesem haus so, auch

das nachbarhaus war besetzt und ein paar häuser weiter noch eins.

der biber wohnte im haus an der ecke. wir mussten es auf der rückseite durch einen kellereingang betreten. der haupteingang war verbarrikadiert. im feuchten souterrain lag ein haufen aus ziegeln, brettern und eisenstangen. die hausbewohner hatten das zeug von baustellen zusammengetragen, nachdem der gerichtliche räumungsbeschluss zugestellt worden war. eigentlich sei beschlossen worden, sagte der biber, das erdgeschoss und den kellereingang zuzumauern und mit einer leiter über den balkon in den ersten stock einzusteigen. aber letztlich seien mit den ziegeln nur bücherregale gebaut worden, weil der mörtel gefehlt habe.

auch in seiner wohnung stand ein solches bücherregal. zwei ziegel, ein brett, zwei ziegel, ein brett. es waren zwar kaum bücher darin, nur ein paar yoga-bände, dafür aber jede menge räucherstäbchen und sonstiges kleinzeug, das ich nicht kannte. die bücher kamen erst nach und nach dazu. während der zwei monate, in denen ich dort wohnte, mussten wir das regal um zwei bretter aufstocken. wenn ich am abend heimkam, griff ich in den hosenbund, zog ein buch heraus und stellte es ins regal.

vom anblick her war die wohnung ein matratzenlager, das um eine stereoanlage gruppiert war. die boxen waren gut eineinhalb meter hoch. achtzig watt ausgangsleistung.

als mir der biber die anlage vorstellte, kniete er am boden und fuhr, bevor er die platte auflegte, mit einem reinigungstuch langsam und bedächtig die rillen entlang.

du magst doch klassik?

was ist es?

wart ab.

heute noch sehe ich mich auf der matratze sitzen und mit andacht emerson, lake and palmer lauschen, während der biber mir aus einem braunen tonkrug tee nachschenkt. wenn jemand seine anlage bewunderte, war der biber der glücklichste mensch. die ganze zeit über lachte er mich an, drehte den ton noch lauter, und ich dachte mir, wenn das klassische musik ist, dann bin ich fortan ein liebhaber von klassischer musik.

neben der eingangstür stand ein zweites regal aus ziegeln und brettern. darin waren zerlegte verstärker und elektronische bauteile gestapelt. auf dem obersten brett lagen mehrere megaphone, auch lötkolben, zangen und schraubenzieher. der biber hatte in einem kaff am niederrhein eine lehre als elektrotechniker begonnen. irgendwann war er nach frankfurt abgehauen, um hier elektronischen schrott zu sammeln. so kaputt konnte ein gerät gar nicht sein, dass der biber nicht noch irgendeine verwendung dafür hatte.

er ging zu keinem besetzerforum, zu keinem häuserrat, zu keinem teach-in, aber er versäumte nicht viel, weil die leute zu ihm kamen, um musik zu hören. am abend waren die matratzen besetzt. manchmal hatte ich mühe, eine ecke zum schlafen zu finden, weil dimis unerschöpfliche wodka-vorräte und seine großzügig gebauten joints die leute reihenweise wegkippen ließen. für die reinigung, so stellte sich bald heraus, war eigentlich nur ich zuständig. inmitten von flaschen und vollen aschenbechern zu schlafen, störte mich nicht, aber wenn sich der gestank von urin

und kotze durch räucherstäbchen nicht mehr überdecken ließ, raffte ich mich auf und holte aus der wohnung unter uns eimer und putzlappen herauf. am abend stritten die studenten darüber, ob ich in gefahr sei, einen faschistoiden charakter zu entwickeln. suse, eine schöne frau mit langen roten haaren, nahm mich damals in schutz. ich hätte sie umarmen mögen, aber sie lebte mit klaus zusammen, einem soziologie-studenten, der in der hausbesetzerszene eine dicke nummer war. er gehörte der vierten internationale an, was ihn mit anderen, die dem kbw angehörten, in einen dauerclinch brachte. die nicht organisierten hielten eher zu klaus. und die waren es auch, die nach den versammlungen zum biber ins zimmer kamen. es wurde viel geredet und geraucht, aber wir saßen auch manchmal nur da und hörten der musik zu. ich habe immer suse angeschaut, aber ich sah sie mit anderen augen, wie eine unerreichbare. ich verehrte damals mehr oder weniger alle studentinnen, aber suse war die göttin unter ihnen. ich brach das gymnasium nur deshalb nicht ab, weil ich endlich ein student unter studentinnen sein wollte.

einmal durfte ich bei einer demonstration auf dem weg zum opernplatz in der vordersten reihe neben klaus gehen und das megaphon tragen. von da an fühlte ich mich zugehörig, auch wenn ich bei den diskussionen über die richtige form des widerstands weiter den mund hielt. der biber übrigens auch. wenn es hitzig herging, servierte er tee.

bevor ich martina in kronberg besuchte, hatte ich mir eine dieser grünen hosen gekauft, wie der biber sie trug. martinas eltern waren übers wochenende weggefahren. den weg

von der s-bahn-station zu ihrer wohnung hatte sie mir auf der rückseite eines platzhalters aufgezeichnet. sie wollte nicht, dass wir gemeinsam in kronberg gesehen würden. als ich durch den ort ging, blickte ich mich nach den jugendlichen um und überlegte, welcher von ihnen martinas komischer Freund sein könnte.

martina wohnte in einer dreizimmer-wohnung. wobei das wohnzimmer in der mitte durch ein bücherregal getrennt war. auf der einen seite des regals war ein speisezimmer mit dem schreibtisch von martinas vater, einem deutschlehrer, auf der anderen seite war eine fernsehecke mit einer steroanlage. den balkon durfte ich, wegen der nachbarn, erst in der nacht betreten. der schreibtisch von martinas mutter, der religionslehrerin, war im schlafzimmer, wo auch ein bücherregal stand mit alten kirchenschmökern.

in martinas zimmer hingen poster an der wand. wir setzten uns auf ihr bett und küssten uns ein wenig. auf ihrem nachtkästchen lag hermann hesses demian. sie las mir einen abschnitt daraus vor, und ich sagte, dass ich das buch auch gerne hätte.

wir haben hesse auf unserem lager. wenn du willst, kann ich es dir besorgen.

sie würde für mich bücher klauen, das war wunderbar, doch es rettete noch nicht den nachmittag. nachdem wir uns wieder geküsst hatten, fragte sie, wie es nun mit uns weitergehe. ich nahm meinen ganzen mut zusammen und packte ein stanniolpapier aus.

meine angst, nun würde ein ödes gespräch über ihren komischen freund beginnen, war unbegründet. wir stopf-

ten uns meinen noch kaum benutzten shillum und öffneten das fenster. danach las sie mir wieder aus demian vor, und ich begann dabei, sie zu streicheln. als ich unter ihre bluse fuhr, unterbrach sie die lektüre und sagte, sie werde musik auflegen. sie ging hinaus. ich hörte, wie sie den schlüssel in die wohnungstür steckte und absperrte. dann machte sie sich im wohnzimmer zu schaffen. procul harum begannen zu spielen, martina blieb immer noch fort. ich ging nachsehen. ich fand sie in keinem zimmer, aber dann hörte ich im badezimmer wasser laufen. ich ging zurück und zog mich aus. sie kam mit zwei gläsern weißwein. sie trug ein weites kleid, vielleicht war es auch ein nachthemd.

wir taten an diesem nachmittag und an diesem abend nichts anderes, als ständig miteinander zu schlafen. sobald wir uns ein wenig erholt und dabei wein getrunken und geraucht hatten, begannen wir einander erneut zu streicheln. später schliefen wir ein und wachten mitten in der nacht auf, um es gleich noch einmal zu treiben. danach hatten wir hunger. martina schlug vor, ein huhn zu grillen, das sie am vormittag gekauft hatte. sie kannte sich jedoch mit dem grillapparat nicht aus. gemeinsam steckten wir das huhn auf den spieß, verklammerten es und schauten ihm eine zeit lang zu, wie es sich drehte. martina zündete eine kerze an und machte das küchenlicht aus. sie holte ein badetuch. nackt wie wir waren, ließen wir uns darauf nieder. ich stopfte erneut den shillum. weil sie beim rauchen husten musste, wickelte ich den feuchten zipfel eines geschirrtuchs über das rohr. das hatte ich beim biber gelernt.

wir saßen nebeneinander auf dem küchenboden, vom wohnzimmer kam die stimme leonard cohens, wir hielten uns an den händen und schauten wieder dem huhn zu. es drehte sich doppelt. einmal in der glühenden hitze, einmal als schatten auf unseren körpern. nach einer weile bemerkte ich, dass martina weinte. während sie auf das grillhuhn starrte, liefen ihr tränen über die wangen. ich hielt sie fester und wusste nicht, was ich sagen sollte. ich dachte, sie habe ein schlechtes gewissen wegen ihres freundes. ich strich ihr mit den fingern durch die haare.

wir können das nicht machen, flüsterte sie.

ich schmiegte mich an ihre schulter. sie riss sich los von mir. und dann sagte sie etwas, was für mich ganz unerwartet kam. sie sagte: mir tut das huhn so leid. ich hätte herauslachen können vor erleichterung, doch martina weinte, und ich musste ihr irgendwie behilflich sein. aber wie? nun kam auch mir vor, dass sich das huhn in einem bejammernswerten zustand befand. wenn sich der flügel von oben herabdrehte, begann er sich zu bewegen und klappte dann nach außen. auch die beine bewegten sich ein wenig. die beine würden bald ruhig werden, aber der flügel war nicht richtig eingeklemmt, er würde bei jeder drehung weiterflattern. martina sagte: ich werde sicher nichts essen können.

und so brachen wir unseren grillabend ab. wir gingen mit der brennenden kerze und dem rauchzeug in ihr zimmer zurück.

im hôtel des fleurs kam die nelke auf mich zu und fragte, ob mir das fahrzeug vor dem eingang gehöre. der biber sagte, das ist meins.

könnten sie bitte wegfahren, sie verstellen den hoteleingang.

ich brauche das auto in meiner nähe, sagte der biber.

sind sie hotelgast?

nein.

dann stellen sie bitte das auto weg. um die ecke gibt es eine parkgarage.

der biber wiederholte: ich brauche das auto in meiner nähe.

die nelke stand unschlüssig da. man sah ihr an, dass sie etwas anderes sagen wollte, aber sie sagte nur, wir werden das klären, und ging fort.

soll sie es klären, sagte der biber. sein linker arm war ihm vom schoss gerutscht. er griff danach und zog ihn so weit nach rechts, dass der ellenbogen nun zwischen seinen schenkeln lag. er saß leicht gebückt da, mit roten flecken im gesicht. wir hätten den laden gleich anzünden sollen, sagte er. im knast hab ich mir geschworen, was sie hier auch bauen, ich werde es anzünden.

die nelkenfrau hatte einen herrn aus dem büro geholt, dessen aufmachung ganz ohne blumenmuster auskam. er trug einen dunklen anzug. er sagte, guten tag, und stellte sich als general manager vor. er sprach leise, so dass ihn andere gäste nicht hören konnten.

da draußen steht ihr auto, sagte er zum biber, ist das korrekt?

der biber antwortete nicht, aber man konnte seine roten flecken wachsen sehen. die nelkenfrau hielt sich im hintergrund.

sie sind kein hotelgast, ist das korrekt?

das ist nicht korrekt, sagte der biber. ich sitze in ihrem hotel, ich konsumiere von ihrer bar, ich bin ein hotelgast.

sie haben kein zimmer bei uns. das ist ein privatgrundstück und ich bitte sie, das auto wegzufahren. sonst kommt der abschleppdienst.

der biber hob den stock vom boden auf und hielt ihn dem general manager vors gesicht. der trat einen schritt zurück und sagte: lassen sie das, sonst werde ich die polizei holen.

holen sie die polizei! holen sie die polizei! der biber schlug mit dem stock auf die tonfliesen. hinter allen blumentöpfen schienen leute hervorzuschauen. der general manager zog sich ein paar weitere schritte zurück. dann blieb er stehen.

ich gebe ihnen einen guten rat, sagte er.

scheiß auf ihren rat.

ich gebe ihnen dennoch einen guten rat. sie verlassen jetzt das hotel und dann vergessen wir das ganze.

dann drehte er sich um und ging fort. die nelkenfrau beobachtete von der rezeption aus, was wir tun würden.

gehen wir, sagte ich. der biber sah mich überrascht an.

hosenscheißer? mit der polizei kann man mir nicht drohen.

ich ging zur hecke und sagte der dahinter verschanzten pfingstrose, dass sie die rechnung auf mein zimmer schreiben solle. sie nickte nur und fragte nicht einmal nach der zimmernummer. das hôtel des fleurs war ein theater mit stummen zuschauern geworden. als ich zum biber zurückkam, hielt er sich an der tischplatte fest und holte schwung zum aufstehen. sein linker arm baumelte wieder hinab. er

sagte: ich will keine minute länger in diesem beutehotel bleiben. und dann sahen alle zu, wie der biber sich in seinem stock-schritt-schleif-rhythmus langsam zum ausgang schleppte. ich achtete darauf, dass er nicht hinfiel. an der tür drehte er sich noch einmal um und schrie zurück: arschlöcher!

soll ich fahren, fragte ich, als wir vor seinem auto standen.

du kannst damit nicht fahren.

er öffnete die tür, warf den stock auf den beifahrersitz und griff nach einem haltegriff, der an der innenseite des daches angebracht war. dann zog er sich hinein. knapp unter dem lenkrad gab es eine konsole, die sich beim lenken mitdrehte. damit konnte der biber alle funktionen betätigen, ohne seine hand vom lenkrad zu nehmen.

es muss schon august gewesen sein, als martinas eltern in urlaub fuhren. gleich am abend kam martina zu mir. in der nacht harrten wir aus, bis alle gegangen oder auf den matratzen eingeschlafen waren. dann legten wir eine letzte platte auf und löschten das licht. wir versuchten so leise wie möglich zu sein. als der plattenspieler nach zwanzig minuten abschaltete, konnten wir hören, wie der biber sich umdrehte. am nächsten abend kam martina erneut mit. dimi bot uns an, wir könnten bei ihm in der apotheke schlafen. wir probierten es nur eine nacht lang. die couch war so schmal und nach oben gewölbt, dass wir uns aneinander klammern mussten, um nicht aus dem bett zu fallen.

bei libri kam es durch die urlaubszeit zu einem engpass. normalerweise arbeiteten die angestellten zehn stunden

am tag und bekamen dafür einen tag in der woche frei. die am längsten in der firma waren, erkannte man daran, dass ihr wochenende schon am donnerstagabend begann. auf lager fünf traf das nur auf frau möllner zu, ein kleines, freundliches wesen aus oberursel. wenn jemand eine monsterbestellung zu bewältigen hatte, zwanzigmal der pate von der palette, dazu zwei partieexemplare, aber dann noch 35 einzeltitel, war frau möllner zur stelle und half mit. lagerleiter war mein zweiter frankfurter klaus, der klaus nerger, ein jura-student, mit dem ich mich vom ersten tag an duzte. er redete hauptsächlich von seinem geplanten schottlandurlaub und verbrachte die pausen auf lager drei bei den reiseführern. und dann fuhr er wirklich nach schottland. dummerweise trat zur selben zeit auch frau möllner ihren urlaub an. auf unserem lager blieben nur aushilfskräfte zurück. wir waren überfordert. die buchhändler wollten die bücher im stadtgebiet innerhalb von drei stunden haben, das war ihnen zugesagt, doch wir kamen mit der arbeit nicht nach. auch in anderen lagern stauten sich zum feierabend noch die bestellkartons. und so dehnte libri den arbeitstag vorübergehend auf 16 stunden aus, wie im dezember beim weihnachtsgeschäft. der personalchef ging mit listen durch die abteilungen und teilte den leuten mit, ob sie zur frühschicht oder zur spätschicht zu kommen hatten. mich nahm er beiseite. er bot mir eine lohnerhöhung von vier mark fünfzig auf vier mark achtzig die stunde an. dann sagte er zu mir: sie wollen geld verdienen. das ist doch der grund, warum sie hier sind. wie wäre es, wenn sie überstunden machten. 6 mark die stunde.

das musste er mir nicht zweimal sagen. ich konnte meinen tageslohn mehr als verdoppeln. ich würde mir eine stereoanlage leisten können. am nächsten tag probierte ich gleich einmal die beiden schichten hintereinander. von da an ging ich jeden morgen um 6 uhr früh zur arbeit und machte erst schluss, wenn der letzte karton das fließband verlassen hatte. da war es meist schon zehn uhr abends.

auf lager vier gab es keine überstunden. martina war der spätschicht zugeteilt. in der nacht gingen wir gemeinsam ins romios einen griechischen bauernsalat essen. sie trank süß gespritzten apfelwein dazu, ich ein bier. und danach legten wir uns daheim auf unsere matratze, ganz gleich, wie viele leute um uns herum saßen, rauchten, tranken und kifften. nach dem dritten sechzehnstundentag war ich so erschöpft, das ich sofort einschlief. martina stand wieder auf. am nächsten tag bot mir dimi erneut an, ich könne bei ihm in der apotheke schlafen. wenn einer schon so blöd sei, sich den ganzen tag ausbeuten zu lassen, dann solle er sich wenigstens in der nacht ausruhen. das klang nach einem medizinischen rat seiner hoheit, und ich fügte mich. allein würde ich in dem bett das gleichgewicht schon halten können, was dann auch stimmte. von da an sah ich martina nur mehr bei den rauchpausen in der arbeit und danach beim griechen. um mitternacht brachte sie mich in das gewölbte bett neben den kartons mit den abführtabletten. wir trieben es auf die schnelle, sie wünschte mir eine gute nacht und ging zum biber hinauf.

ein paar tage später hatte sie einen roten ausschlag zwischen den beinen. sie sagte, wir sollten lieber nicht mitein-

ander schlafen, sie wolle vorher zum arzt gehen. doch sie ging nicht zum arzt.

bis ich eines morgens mit der fixen idee aufwachte, martina habe keinen ausschlag, sondern der biber habe sie wund gescheuert. ich ging um sechs in der früh zur wohnung hinauf. ich wartete eine weile vor der tür und überlegte, welchen grund ich haben könnte, martina und den biber in aller früh zu stören. ich musste meinen pass im personalbüro abgeben. das kam mir plausibel vor. und so drückte ich vorsichtig die messingschnalle. doch die tür war verschlossen. ich blieb noch eine zeit lang stehen und horchte. zu hören war nichts.

in der arbeit sah ich den biber bei martina im bett liegen. ich sah ihn wie einen verrückten auf sie einhämmern. ich verdrückte mich hinter die regale und machte extra rauchpausen hinter der fluchttür. ich ging im kreis. einmal in der einen richtung, dann in der anderen. ich musste fort von hier. über die nottreppe gelangte ich in den hof. dort wurden lieferautos mit zusammengeschnürten bücherpaketen beladen. die fahrer kannten mich nicht und auch sonst schien sich niemand für mich zu interessieren. ich ging zum platz der republik. vor dem polizeipräsidium standen menschen, die zum selmy-hochhaus auf der anderen straßenseite hochblickten. es hatte zwei nächte zuvor gebrannt. die leute aus unserem haus waren auf die straße gelaufen und hatten so ein tag, so wunderschön wie heute gesungen. ich hatte davon nichts mitgekriegt. martina hatte es mir in der arbeit erzählt. vor der messe überquerte ich die ebert-anlage und folgte der beethovenstraße. ich ging heim.

es war vielleicht zehn uhr vormittags, als ich ins haus kam. alle schienen noch zu schlafen. ich stieg die knarrende holztreppe hinauf und blieb auf jedem absatz stehen, um zu horchen. aus der wohnung von klaus und suse war musik und tellerklappern zu hören, sonst war es ruhig. ich ging einen stock höher und drückte die messingschnalle. immer noch war die tür verschlossen. ich setzte mich auf den boden und wartete. wie ein buddha saß ich da, blickte auf die tür und wollte kraft sammeln für die enthüllung der wahrheit. nichts sollte mich hier wegbringen, bis der biber und martina herauskämen und erschreckten, weil ich alles gehört haben könnte. sie würden wissen wollen, wie lange ich hier schon sitze, und ich würde den blick gesenkt halten, ein lächeln auf den lippen, ja, ein wissendes lächeln, aber ich würde schweigen. lächeln und schweigen. sie würden nervös werden, sie würden sich verraten.

ich saß sehr lange da. hin und wieder ging jemand im haus fort, einmal kamen auch leute, aber sie verschwanden in den unteren stockwerken. aus der wohnung des biber drang kein laut. von unten kam immer noch leise musik herauf. ich hielt mein ohr an die tür. ich würde nie wieder mit ihr sprechen. kein geschrei, keine vorwürfe, kein herumdiskutieren, einfach nichts mehr sagen. in ihrer nähe würde ich nur noch stumm sein.

und so saß ich noch gut bis mittag, völlig in meiner rolle des von nun an nur noch stumm leidenden versunken, bis jemand die treppe hochkam. es war der biber.

was machst du da, fragte er.

ich kann nicht hinein, sagte ich.

ich wusste nicht, dass du frei hast. ich bin gestern abend zu meiner mutter gefahren. ich habe abgeschlossen, damit mir nicht wieder platten geklaut werden.

und martina?

die wohnt unten bei klaus. weißt du das nicht?

ich schüttelte den kopf.

er sperrte die tür auf. ich folgte ihm in die wohnung. martinas tasche war weg. ich ging auch noch in den nebenraum, in dem der biber gerade einen kuchen und eine flasche holundersaft auspackte. das haarshampoo, das ich immer mitbenutzt hatte, stand nicht mehr in der dusche.

war das nur für heute nacht? fragte ich.

was?

dass sie bei klaus übernachtet.

nein, die wohnt jetzt bei ihm. hat sie dir das nicht gesagt?

und suse?

ist zu ihrer freundin ins andere haus rübergezogen.

ich sah martina erst wieder am nächsten tag bei libri. sie kam auf mich zu und sagte, sie wolle mir etwas erklären. ich sah sie nur an und nahm mir erneut vor, keinen laut von mir zu geben.

gehen wir doch am abend ins romios, sagte sie, wir müssen miteinander reden. sprichst du nicht mehr mit mir, oder was? wenn du glaubst, dass es mir gut geht, dann täuscht du dich. mir geht es gar nicht gut.

ich blieb stumm. sie versuchte es noch einmal: ich muss mit dir reden. hörst du, ich brauche dich. mir geht es schlecht, verdammt nochmal.

beim letzten satz hatte sie fast zu weinen begonnen, dann drehte sie sich um und ging fort. ich beobachtete sie den ganzen nachmittag. wie sie am anderen ende des förderbands hinter den regalen hervorkam und bücher in die kartons warf. und immer wieder herschaute. am abend kam sie noch einmal zu mir und sagte, dass sie mein verhalten scheiße finde. doch ich blieb auch diesmal stumm.

die apfelweinkneipe hatte einen neuen besitzer. der innenhof war renoviert. man sollte sich ins mittelalter versetzt fühlen. der architekt oder der wirt schienen ganz verrückt zu sein nach neuen dingen, die alt aussahen. hinter der gartentheke aus eiche stand ein holzfass, dessen eine seite man aufklappen konnte. dahinter verbarg sich der geschirrspüler. ich war nur ein einziges mal hier gewesen. als die gartentheke noch ein einfacher klapptisch war, auf dem salzstreuer und senftigel standen. damals waren martina und der biber dabei. aber dann sind wir nicht wieder gekommen, weil dimi behauptet hatte, der besitzer sei ein alter ss-mann. nun war der biber hier stammgast. er hatte die kneipe ausgewählt, weil der neue besitzer es ihm erlaubte, in der einfahrt zu parken.

wir nahmen an einem massiven tisch platz, auf den der architekt vielleicht ein paar mal draufgeschlagen hatte, damit er sprünge bekam. der biber lehnte den stock an einen baum und hob seinen schmalen, linken arm auf den tisch. er zeigte mir, dass er die finger leicht bewegen konnte.

der wird nicht mehr, sagte er. vielleicht kann ich noch besser gehen. viel mehr werde ich nicht erreichen. da bin ich schon zu alt.

aber wie du jetzt auto gefahren bist, sagte ich, da könnte so mancher etwas lernen.

er hielt einen augenblick inne, dann sagte er, das meine ich nicht. ich meine, dass die erinnerung sich breit macht, und dass mich das nicht mehr stört. um wieder hochzukommen, musst du etwas wollen. aber ich will nicht mehr so viel. ich will ein bisschen besser gehen, eine straße überqueren, und besser sprechen. das ist alles.

die kellnerin brachte einen kleinen krug apfelwein und wir bestellten handkäs mit musik.

alles? fragte ich.

nein. das hôtel des fleurs muss auch noch abbrennen.

er lachte wieder heraus, wie zuvor im hotel. sein früheres lächeln schien sich nun gleichsam zu stauen, um dann aus einer seite des mundes herauszuplatzen.

hast du eigentlich noch mit dimi kontakt? fragte ich.

vor langer zeit, sagte er, im knast. wie seine scheiße aufgeflogen ist.

er war eingesperrt?

wir waren alle im knast. mich haben sie schon nach zwei wochen freigelassen, der dimi hat eine extrastrafe gekriegt, weil er auf einem foto erkennbar war. er hat aus unserer wohnung ziegelsteine geworfen. dann hat er einen prozess gehabt. und ich war zeuge. und so ist alles aufgeflogen.

was ist aufgeflogen?

dimi war kein arzt, hat auch nie medizin studiert. er hat nur hauptschulabschluss, stammt aus bayern und heißt horst müller.

und was macht er jetzt?

keine ahnung. ich habe alle aus den augen verloren.

ich war mit dimi einmal mit der straßenbahn gefahren. er hatte die ganze zeit meinen kleinen finger betrachtet, weil der nagel nicht richtig nachgewachsen war. ich hatte nach einer operation immer daran herumgespielt. er gab mir am nächsten tag eine fingerschlaufe. die hatte ich jahrelang aufgehoben, aber nie getragen. seine hoheit fürst dimitri von tujonov war horst müller.

und martina, fragte ich.

wer ist martina?

das mädchen aus kronberg.

der biber schüttelte den kopf. kenn ich nicht.

die hat doch auch bei dir gewohnt. und dann ist sie zu klaus gezogen.

suse?

nein, martina. lange, blonde haare. schülerin. bei libri hat sie gearbeitet.

der biber schüttelte erneut den kopf. ich versuchte seiner erinnerung noch weiter auf die sprünge zu helfen. du hast mir doch damals selbst gesagt, dass sie zu klaus gezogen ist. dann habe ich gesoffen und geraucht und geheult und dann wollte ich unbedingt in die wohnung runtergehen und du hast mich festgehalten und nicht gehen lassen. du hast gesagt, ich soll erst runtergehen, wenn ich wieder nüchtern bin.

der biber schüttelte den kopf.

ich weiß genau, dass du das gesagt hast. und dann wollten leute kommen und du hast sie weggeschickt und die wohnung abgesperrt. ich habe weitergesoffen und die duschtasse vollgekotzt. und dann weiß ich selbst nicht mehr.

der biber schaute mich an, als wäre ich nicht ganz zurechnungsfähig. er sagte, moment, jetzt einmal der reihe nach. du bist zu dimi gezogen und dann bist du wieder heraufgezogen, weil dir das bett nicht gepasst hat. dann waren deine ferien zu ende und du bist abgereist. vielleicht hast du die duschtasse vollgekotzt. das haben viele. aber der abend, den du da schilderst, den gab es nicht. klaus war immer mit suse zusammen. die sind auch gemeinsam verhaftet worden. ich weiß nichts von einer martina.

du hast es vergessen, sagte ich.

möglich.

er lachte mich wieder an mit seinem halben gesicht, und mir war auf einmal, als ginge vom biber eine ansteckende krankheit aus, als sollten nun auch bei mir körperteile, die noch bestens funktionierten, lahm gelegt werden. ich sah auf seine zottigen grauen haare, die bei den ohren wegstanden. es musste aus dieser zeit jede menge bekannte von martina geben. wenigstens die anderen bewohner des besetzten hauses würden sich an sie erinnnern. dieser horst müller, wenn es überhaupt stimmte, dass dimi so hieß, musste doch irgendwo aufzutreiben sein. und vielleicht gab es bei libri noch eine liste mit den aushilfskräften der siebziger jahre. dort müsste martina verzeichnet sein. oder ich könnte im telefonverzeichnis von kronberg nachschlagen, martinas eltern würden wahrscheinlich noch leben, aber wie hießen sie bloß. mir fiel martinas nachname nicht mehr ein.

währenddessen wurde der handkäs gebracht. der biber schmierte butter auf das brot und schnitt es in streifen. dann legte er mit dem messer käseschnitten und zwiebel darauf. ich schenkte mir apfelwein nach und dachte plötz-

lich, du bist gar nicht der biber, aber ich dachte es nur, ich sprach es nicht aus.

der biber schnitt die streifen noch einmal in der mitte auseinander und aß sie stück für stück.

bist du verheiratet, fragte er mich.

ja, sagte ich. seit 26 jahren. und du?

ich habe gerade das zweite mal geheiratet. meine physiotherapeutin. ohne sie wäre ich nicht mehr hochgekommen.

du hast nicht aus dankbarkeit geheiratet.

doch.

dann schwiegen wir eine weile und ich fragte mich, wie ich auf die idee kam, man solle nicht aus dankbarkeit heiraten, aber dann war ich wieder mit meiner erinnerung an martina beschäftigt. bis mir ein anderer gedanke dazwischen kam.

sag, hast du eigentlich noch das keyboard, fragte ich.

welches keyboard?

das von jon lord.

ach das. es hängt bei mir an der wand.

schenkst du es mir?

nein, das geht nicht.

am nächsten tag hatten wir rundfunkaufnahmen. als ich mich danach vom biber verabschiedete, sagte er, ich solle da drüben die schranktür öffnen, er habe etwas für mich. es war ein aus einer hammondorgel herausgeschraubtes keyboard.

jetzt hängt es bei mir an der wand. als erinnerung an martina.

fiona und ferdinand

als die angehörigen des verstorbenen bachmaier, eines frommen mannes, dessen hals bei lebendigem leib verfault war, die alten möbel durchstöberten, um ein hochgeschlossenes hemd für die leiche zu suchen, stießen sie auf eine versperrte truhe. sie öffneten sie mit montiereisen und fanden zu ihrem entsetzen unter pferdedecken und abgetragener wäsche einen in zeitungspapier eingewickelten stapel von knochen. menschenknochen, wie sich schnell herausstellte. ohne irgendeine behörde damit zu belästigen, übergaben sie die gebeine dem pfarrer, der sie, obwohl er wusste, dass es die sterblichen überreste von kommunisten sein könnten, einsegnete und an der friedhofsmauer vergrub.

am tag des bachmaier-begräbnisses fand ich auf dem anrufbeantworter zwei nachrichten meiner mutter vor. in der ersten bat sie mich zurückzurufen, in der zweiten sagte sie: im dorf geht es drunter und drüber. du musst kommen.

meine mutter rief mich selten an. als ich die anrufe abhörte, war es fast mitternacht und ich dachte, dass es nun

zu spät sei zurückzurufen. da klingelte erneut das telefon. meine mutter war in heller aufregung.

zuerst erzählte sie mir von dem knochenfund. und dann sagte sie, der bachmaier franz hat fest und steif behauptet, ihr hättet als kinder mit diesen knochen gespielt.

das kam mir so makaber vor, dass ich unwillkürlich lachen musste. doch plötzlich verging mir das lachen.

der bachmaier franz war der sohn des verstorbenen. als kinder waren wir oft zusammen gewesen, nicht nur auf dem schulweg ins nachbardorf, den wir im winter mit den schiern zurücklegten. wir trafen uns auch am nachmittag, um einander bei der arbeit zu helfen, beim strohschneiden, schrotmahlen, saustallausmisten und hofkehren. sobald die arbeit erledigt war, verschwanden wir, denn nichts war unseren vätern unerträglicher als der anblick spielender kinder. einmal hatten wir ein auf dem feld des nachbarn stehendes pfluggestell in alle einzelteile zerlegt. dafür musste ich am abend auf dem holzscheit knien und der franz durfte mich eine woche lang nicht besuchen. und einmal hatten wir tatsächlich auf totenköpfe geschossen. aber meine mutter hatte spielen gesagt. das klang harmloser.

habe ich dir davon nie erzählt, fragte ich.

nein, sagte sie, das war mir neu. ich hab es dem franz zuerst gar nicht glauben können.

sie sagte das in einem verwunderten ton, als wollte sie mich deswegen heute noch zur rede stellen. um zeit zu gewinnen, fragte ich, woher will man eigentlich wissen, dass es dieselben knochen sind?

sie sagte: der franz hat sie an den verrosteten eisendrähten erkannt.

stimmt, sagte ich. wir wollten das skelett aus der schule nachbauen, aber dann waren die knochen plötzlich verschwunden. weiß man jetzt wenigstens, von wem sie stammen?

man sagt, es könnten die beiden russen sein, die die graf-tochter umgebracht haben.

welche graf-tochter, fragte ich.

erinnerst du dich nicht mehr an die grafs? im oberort haben sie gewohnt, am waldrand. das haus haben dann wiener gekauft.

der graf und die gräfin, sagte ich.

ja, antwortete meine mutter. der graf und die gräfin.

der graf hatte immer einen stutzer angehabt. wenn er durch das dorf gegangen war, hatte ich grüß gott gesagt und den wunsch verspürt, mich schnell davonzumachen. aber er stellte fragen, wie es in der schule gehe, was die eltern machten. er sprach hochdeutsch. das war unangenehm. der graf war in der jugendzeit meiner eltern volksschuldirektor gewesen. von der gräfin konnte ich mir kein klares bild in erinnerung rufen. ich hatte sie auch kaum getroffen, nur in der kirche und hin und wieder beim kaufmann. die leute hörten zu reden auf, wenn sie kam. sie starb kurz nach dem begräbnis ihres mannes, wurde aber erst gefunden, als die leiche schon halb verwest war.

jetzt, am telefon, hörte ich zum ersten mal, dass die grafs eine tochter hatten, elisabeth, und dass sie nach dem ende des zweiten weltkriegs ermordet worden war. kein mensch hat je darüber gesprochen. jedenfalls nicht mit uns kindern.

und dann muss ich dir noch etwas erzählen, sagte meine mutter. heute ist es nach dem begräbnis zu einem richtigen tumult gekommen. die gutwengerin hat gedroht, sich aufzuhängen. sie ist fortgelaufen, und der bachmaier franz hat ihr nachgerufen: dann häng dich halt auf.

warum will sie sich aufhängen?

das hat mit den knochen zu tun. sie hat da so ihre vermutungen. ich kann dir das jetzt nicht am telefon erklären. du musst kommen und mit dem franz reden. ihr ward doch immer die besten freunde.

ich antwortete nicht gleich, da fügte meine mutter hinzu: der schmied sagt auch, dass du kommen sollst.

wer?

der alte schmied. er war heute nach dem begräbnis bei mir. er sagt, auf dich wird der franz hören.

ich konnte mir am nächsten tag vom unterricht in leipzig nicht frei nehmen und so fuhr ich erst am übernächsten tag mit dem auto über das erzgebirge und durch die tschechische republik ins waldviertel. vor budweis gab es eine baustelle. die umleitung führte mich durch kleine böhmische angerdörfer, deren häuser zum teil noch so aussahen wie die bauernhöfe meiner kindheit. ich hielt in einem der dörfer an und setzte mich auf eine bank. aus einem tor kam eine alte frau heraus. sie schaute eine weile zu mir herüber, ohne sich dabei zu bewegen. dann ging sie zurück ins haus.

mitte der sechziger jahre waren drei brüder zu uns ins dorf gekommen. sie wurden die dränagierer genannt. es war ihre aufgabe, wiesen und felder trocken zu legen. mit langen stichschaufeln und einem dränagebagger hoben sie

gräben aus, die bald in vielen verzweigungen von den hügeln herabführten und in den bach mündeten. neben den gräben war der aushub zu dreckdämmen aufgeschichtet. mein vater brachte aus groß gerungs eine anhängerladung voll roter tonrohre, die er entlang der gräben zu kleinen haufen aufschichtete. wenn wir am nachmittag endlich mit der hofarbeit fertig waren, liefen der franz und ich zu den dränagierern hinaus, um ihnen beim verlegen der rohre zu helfen. unsere eltern sahen das nicht gerne.

die beiden älteren brüder waren geschieden. wir beobachteten sie, wie sie rauchten und fluchten und über die mädchen sprachen. der ältere sagte zum jüngsten: auch du wirst dir dein zumpferl noch verbrennen. das blieb für mich lange ein rätselhafter satz. ich hatte ihn wortwörtlich genommen. wenn ich am abend die milchkannen ins kühlhaus brachte, traf ich mich meist mit dem franz. wir fuhren mit unseren kleinen leiterwagen die dorfstraße entlang und beobachteten die dränagierer durch das gasthausfenster. sie waren nicht allein, bei ihnen am tisch saßen die dorfmädchen.

auch am sonntagnachmittag hielten wir uns gerne in der nähe des gasthauses auf. es gab dort eine tankstelle, bei der sich die mopedfahrer aus wiesensfeld, freitzenschlag und selbitz trafen. sie waren mit ihren frisierten maschinen gerade zu einem wettrennen aufgebrochen, als die dränagierer von der wiese zurückkamen. der ältere fluchte. scheiß sonntagsarbeit, schrie er und stampfte dabei mit einem fuß auf die straße. gerade wollte es mir so scheinen, als ob die drei doch nicht so verdorben waren, schließlich hatte auch meine mutter immer gesagt, den tag des herrn dürfe

man nicht mit arbeit entweihen, da schrie er noch einmal, aber diesmal verfluchte er den schmied, weil der nicht bereit war, am sonntag die esse zu heizen. die drei brüder verschwanden im gasthaus. kaum hatten sie die tür hinter sich geschlossen, gingen wir in die richtung, aus der sie gekommen waren.

erstmals hatten wir gelegenheit, das ungetüm, das seit wochen tiefe spalten in die wiesen schnitt, für uns ganz allein in besitz zu nehmen. wir setzten uns auf die kettenräder und sahen mit fachmännischem blick, dass die schaufelkette gerissen war. es dauerte nicht lange, da kletterten wir auf den fahrersitz, und dem franz gelang es, die maschine zu starten. aber irgendetwas stimmte mit dem auspuff nicht, denn als ich gas gab, entstand ein so ohrenbetäubender lärm, dass selbst die dränagierer im gasthaus aufmerksam wurden und ihren jüngsten ausschickten, der sache auf den grund zu gehen. er kam den dorfweg herabgelaufen und zeigte uns schon von weitem die faust. wir stellten den motor ab und rannten davon. der dränagierer nahm einen taschenfeitel heraus, klappte die klinge auf und drohte: wenn noch einer von euch rotzbuben zum bagger geht, werde ich ihn schneiden.

er zog den zündschlüssel ab. dann schlenderte er, noch ein paar mal mit dem messer fuchtelnd, zum wirtshaus zurück. kaum war er außer sichtweite, gingen wir wieder zum bagger. allerdings hatte uns die aussicht, vom dränagierer so behandelt zu werden wie die ferkel vom sauschneider, die freude ein wenig vergällt. so ließen wir von der maschine ab, zogen unsere schuhe aus und sprangen in den dränagegraben hinein. auf dem boden rann ein bäch-

lein, in dem granitsteine funkelten. im ausgeschwemmten sand lagen auch ein paar dunkle, längliche steine, die aussahen wie die fingerknochen einer hand. als wir sie aus dem wasser nahmen, wurde uns schnell klar, dass es tatsächlich fingerknochen waren. an der wand entdeckten wir eine stelle, an der ein weiterer knochen herausragte. wir schnappten uns die herumliegenden schaufeln und gruben so lange, bis wir auf die reste von zwei skeletten stießen. da oft nicht erkennbar war, ob man nur einen erdklumpen oder doch einen knochen auf der schaufel hatte, warfen wir alles in den dränagegraben hinein, um das wasser zum ausspülen der skelette zu nutzen.

die wiese gehörte zum bachmaier-hof. am anfang hatten wir vor, den bachmaier zu holen, um ihm unseren fund zu zeigen, aber dann beschlossen wir, die gebeine noch ein wenig für uns zu behalten. wir schworen einander, niemandem davon zu erzählen. der franz lief heim, um einen handwagen und einen kartoffelsack zu holen. ich wollte die knochen inzwischen waschen. ich stieg in den graben hinein, in dem sich das wasser staute. je mehr erde fortgespült wurde, desto deutlicher wurden die reste erkennbar. da lagen zwei zerbrochene schädel, eine herausgefallene kinnlade, ein auseinander gebrochenes becken und vermoderte röhrenknochen, alles in einer dunkelbraunen und grünlichen farbe. ich hatte gedacht, der bach würde sie weiß waschen und sie würden dann aussehen wie die knochen des skeletts in unserer schule. gerade hatte ich sie noch aus dem dreck geschaufelt, als wären sie steine, nun sah ich körperteile darin und wagte nicht, sie anzufassen. im oberkiefer des einen schädels steckten zähne. ich wollte

nicht wie ein feigling dastehen und so nahm ich die schaufel, schabte damit an den knochen und wälzte sie im wasser herum. sie waren einfach nicht weiß zu kriegen.

als der franz zurückkam, schlug ich vor, die knochen trocknen zu lassen und dann weiß anzumalen. wie vereinbart, verstauten wir sie im kartoffelsack, wussten dann aber nicht, wo wir unseren fund verstecken sollten. dem franz schien der holzschuppen geeignet. es gab dort einen kleinen dachboden, auf dem nur die kleestangen gelagert wurden und der deshalb auch nur zweimal im jahr benutzt wurde. dort hinauf schleppten wir den triefend nassen sack und legten die knochen zum trocknen aus.

von da an trafen wir uns jeden tag auf dem dachboden. wir hielten totenwachen ab. dabei saßen wir nebeneinander auf einem bündel kleestangen, schauten auf die gebeine und stellten vermutungen an, zu wem sie gehört haben könnten. außer knochen hatten wir nichts gefunden, keine kleider- oder schuhreste, kein metall. nach einigem hin und her einigten wir uns auf ein liebespaar, das freiwillig in den tod gegangen war. wir nannten die beiden fiona und ferdinand. fiona, weil es der name eines mädchens war, das jahr für jahr zur sommerfrische in den nachbarort kam. der waldviertler ferdl und die sommerfrischlerin fiona hatten in ihrer verbotenen liebe keinen ausweg mehr gesehen und deshalb den tod gesucht. von allen verstoßen. wir waren die einzigen, die sie auf erden noch hatten. sie konnten nur erlöst werden, wenn wir sie zusammensetzten, weiß bemalten und ankleideten.

und so aßen wir unsere schulbrote von nun an nicht mehr im pausenraum, sondern im naturkundezimmer,

wo neben ausgestopften hasen, füchsen und mardern auch das skelett stand. uns wurde schnell klar, dass unser bausatz bei weitem nicht komplett war. dennoch machten wir uns an die arbeit. wir fanden auf der hobelbank des alten bachmaier einen drillbohrer und begannen damit, die beckenteile und schädel zu durchlöchern und draht durchzustecken, aber das wollte uns nicht gelingen. die knochen waren verfault. sie zerbröselten. die geschichte, die wir uns ausgedacht hatten, funktionierte nicht. die beiden ließen sich von uns nicht erlösen. und so suchten wir nach einer neuen geschichte und erklärten fiona und ferdinand zu feinden. wir beschlossen, auf sie zu schießen.

es gab in unserem haus keinen platz, und mochte er noch so hoch im gebälk sein, den ich nicht ausgeforscht hätte. mein vater hielt damals zwei wehrmachtskarabiner im hause versteckt, die später von einem wiener übernommen und auf hochglanz gebracht wurden. ich hatte sie hinter einem dachbalken entdeckt. neben den karabinern lagen munitionstaschen. wir wählten einen tag, an dem sich die meisten dorfleute in der kartoffel-sortierhalle des nachbardorfes aufhielten. wir schleppten die karabiner auf den dachboden des holzschuppens und schossen fiona und ferdinand ein zweites mal tot.

die ersten schüsse warfen uns in die kleestangen. erst als wir das gewehr gemeinsam hielten, trafen wir. die projektile zersplitterten die schädel.

am nächsten tag waren die knochen verschwunden. lange glaubte ich, der franz habe sie beiseite geschafft, doch er hatte immer wieder beteuert, dass er selbst nicht wisse, wer sie genommen habe. es gab die einschusslöcher

im dachboden, es gab knochensplitter. das war alles, was wir von fiona und ferdinand noch fanden.

meine mutter bewohnte ein kleines häuschen neben dem bauernhof, in dem sie sich ein lebtag lang abgerackert hatte. bei der längst außer betrieb gestellten alten schmiede bog ich von der straße ab und fuhr einen schmalen weg hinein, der, weil er so selten benutzt wurde, einen mittelstreifen aus gras hatte. meine mutter sah mich durch das küchenfenster und kam zur haustür heraus. sie trug eine schürze, in die sie ihre hände hineinwischte, bevor sie mich begrüßte. ich umarmte sie. sie roch nach kraut. im vorzimmer lag ein haufen von krautschalen und strünken. sie sagte, wenn du willst, kannst du dir gleich die füsse waschen und sauerkraut treten.

du machst witze.

warum? du hast doch als kind immer so gerne sauerkraut getreten.

pass ich da überhaupt noch rein? fragte ich.

ich habe extra ein breites schaff genommen, sagte sie.

auf dem küchentisch hatte sie den krauthobel angerichtet. die halbierten krauthappel lagen auf der bank. der boden des schaffes war mit einer ersten schicht krautschnitzel bedeckt. meine mutter ging voraus in die stube, wo am ecktisch eine thermoskanne mit kaffee stand. dort lag auch der partezettel des alten bachmaier. ich setzte mich und las die todesanzeige. meine mutter nahm neben mir platz. sie sagte: er hat viel leiden müssen. er wollte daheim sterben. am vormittag haben sie ihn gebracht und in der nacht ist er schon gestorben.

hast du ihn noch gesehen?

zum versehgang war ich dort. der hals und der mund ganz offen. ein richtiges loch hat er gehabt. und schrecklich geröchelt hat er. dem pfarrer hat er gar nicht mehr antworten können.

sie schenkte mir kaffee ein und brachte mir aus der küche ein stück birnenstrudel. jetzt erst fiel mir auf, dass die fensterbretter mit kleinen gelben birnen ausgelegt waren. als sie mir den teller zuschob, sagte sie, geh heute noch zum franz. sag ihm, die gutwengerin redet, wie halt alte leute so daherreden. sie sagt ja jetzt selbst, dass sie den bachmaier nicht beschuldigen wollte. geh heute noch hin. die gutwengerin ist imstande und tut sich wirklich etwas an.

ich verstand immer noch nicht, worum es ging. ich begann es erst zu verstehen, als ich längst im schaff stand und auf der stelle trat, mit krautschnitzeln zwischen den zehen. während sie mir von dem mord an der graf-tochter erzählte, fuhr sie mit dem wagen des krauthobels hin und her. es fiel ihr leicht, beim reden zu arbeiten, aber wenn sie nachdachte, unterbrach sie das hobeln und fragte, wie war das schnell? als ob ich es ihr hätte sagen können.

bei kriegsausbruch war elisabeth graf noch zur schule gegangen. die beiden bachmaier-brüder, der eine um ein jahr älter als der andere, hatten die schule schon verlassen. sie fielen auf wegen ihrer großmäuligkeit und weil sie oft streit anfingen. in elisabeths nähe, sagte meine mutter, waren sie wie benommene gockel. keiner von ihnen war in der lage, mit ihr ein vernünftiges wort zu reden, aber seltsamerweise wollten beide sie unbedingt haben.

der eine hat geprahlt: die elisabeth will mich heute nacht an ihrem fenster sehen, der andere hat zurückgegeben: was glaubst du, mit wem ich heute im wald zusammen war? für uns war es eigentlich lustig, den beiden zuzuhören. nur für elisabeth war das nicht lustig. sie hat damals bei ihren eltern im schulhaus gewohnt. vor den bachmaier-brüdern hat sie so große angst gehabt, dass sie das haus nur am sonntag verlassen hat, wenn sie mit ihren eltern zur kirche gegangen ist.

und die beiden, sagte meine mutter, wurden von tag zu tag bösartiger. bei der arbeit waren sie aufeinander angewiesen, aber am liebsten hätten sie sich damals abgemurkst. die burschen aus dem dorf haben das ihre dazu beigetragen. sie haben die bachmaier-brüder gegeneinander aufgehetzt. einmal, beim sauabstechen, hat der eine das pech zum enthaaren nicht der sau auf den rücken, sondern dem bruder auf den kopf geschmiert. und so hat auch der das siedend heiße wasser nicht auf die sau, sondern auf seinen bruder geschüttet. der hat seither im gesicht diese flecken gehabt.

wer? fragte ich. einen moment war ich abgelenkt gewesen, weil zwischen meinen zehen der saft durchzuquellen begann.

der ältere bruder hat diese flecken gehabt. an den musst du dich doch noch erinnern! wenn unser vorbeter krank war, ist er eingesprungen. er hat in die rosenauer gegend geheiratet und ist schon vor gut 15 jahren gestorben. im alter haben die beiden brüder sich eigentlich ganz gut vertragen. aber damals, vor dem krieg, ging das so weit, dass der ältere auf den jüngeren mit dem messer

losgegangen ist. da sind dann aus groß gerungs gendarme gekommen.

so wie meine mutter es erzählte, während sie die endstücke der krauthappel mit dem messer zerkleinerte und vom schneidbrett auf meine füße streifte, muss es ein jahre dauerndes schauspiel gewesen sein, bei dem das ganze dorf entweder zuschaute oder die beiden gegeneinander aufstachelte. ich gab mir mühe, das kraut gut in den saft hineinzutreten und erfuhr dabei, dass der zweite weltkrieg die beiden verfeindeten brüder für ein paar jahre voreinander befreite. der ältere wurde zuerst eingezogen. er nahm am frankreichfeldzug teil. der jüngere, der vater meines schulfreundes franz, hatte dem älteren versprechen müssen, elisabeth in ruhe zu lassen, solange er im krieg sei. als ein jahr darauf der jüngere zum russlandfeldzug aufbrach, konnte elisabeth das haus wieder verlassen. sie hatte die volksschule mittlerweile abgeschlossen und nahm eine stelle am gemeindeamt an. doch es gab leute, die ihr die stelle nicht gönnen wollten.

elisabeth war einfach die beste, sagte meine mutter, ich weiß das, ich bin ja mit ihr zur schule gegangen. sie war zwei jahre älter. aber wir waren immer alle zusammen, es gab nur eine klasse, und die hat der graf selbst unterrichtet. er war sehr streng zu elisabeth. wenn sie einmal geschwätzt hat, ist er sofort mit dem rohrstab gekommen.

haben ihr die beiden eigentlich geschrieben?

die haben ihr noch geschrieben, da hat sie gar nicht mehr auf dem gemeindeamt gearbeitet. sie hat diesen posten ja aufgeben müssen. das hat mit ihrem vater zu tun gehabt. vor den nazis ist er ein vaterländischer gewesen.

die nazis trauten ihm nicht. obwohl wir bei ihm in der schule die ganze zeit nur nazilieder gesungen haben.

meine mutter begann andeutungsweise im takt des krauthobels zu singen: denn wir fahren, denn wir fahren, denn wir fahren gegen engeland, engeland. sie lachte und schüttelte den kopf. so ging das dauernd dahin. aber einmal ist ein polack entlaufen, ein polnischer zwangsarbeiter. wir haben sie polacken genannt. die haben im stall schlafen müssen. es war der polack vom kaltenberger. in der früh war er verschwunden. der kaltenberger ist zum ortsbauernführer gegangen und hat das gemeldet. und dann hat eine große suchaktion begonnen, an der sich alle männer, die es noch im dorf gab, beteiligen mussten. der graf ist auch jäger gewesen. anstatt mit den anderen zu suchen, hat er sich auf seinem hochstand in die sonne gelegt und muss dort eingeschlafen sein. man hat ihm das jagdrecht entzogen und die elisabeth hat ihre stelle am gemeindeamt verloren. mein vater hat damals gesagt: den graf wird noch die gestapo holen.

und eines tages steht plötzlich der ortsbauernführer in der klasse und an der tür wartet ein gendarm. wir haben gedacht, jetzt ist es vorbei mit unserem direktor. aber er ist dann zurückgekommen und hat getan, als wäre nichts gewesen. angeblich hat er die hosen herunterlassen müssen. sie haben gedacht, die familie ist verjudet.

meine mutter entleerte den weidling auf meine füße. ich bestieg den neuen krautberg und verteilte ihn mit den zehen im schaff. dann drehte ich mich im kreis, um auch an den rändern die krautschnitzel gut zusammenzutreten.

und was hat elisabeth gemacht?

die hat dann in groß gerungs als verkäuferin gearbeitet und für die front gesammelt. meine mutter fuhr mit der hand in das salzfass und wartete, bis ich einen fuß hob. dann streute sie salz in das kraut. sag, erinnerst du dich noch an den leidenfrost hansl?

den briefträger?

ja. der hat einen bruder gehabt. und mit dem hat die elisabeth etwas angefangen. der hat knapp vor kriegsende noch einrücken müssen und ist nicht mehr zurückgekommen. aber der ältere bachmaier ist bald danach zurückgekommen. der war in amerikanischer kriegsgefangenschaft gewesen. seine erste frage hat elisabeth gegolten. die hat von ihm nichts wissen wollen. sie hat ja auf den leidenfrost gewartet. und dann ist auch der jüngere bachmaier heimgekehrt. er hat einen durchschuss am bein gehabt und ist gehinkt. auch er hat sich sofort nach elisabeth erkundigt. aber natürlich wollte sie auch von ihm nichts wissen. ein paar wochen später ist es dann passiert.

während sich das krautschaff langsam füllte und ich mich auf einen besenstiel stützte, um nicht das gleichgewicht zu verlieren, erzählte mir meine mutter, was die gutwengerin beobachtet hatte.

am beginn der russenzeit war die gutwengerin ein paar monate lang in einem verschlag versteckt gehalten worden. wenn es dunkel wurde, löste ihr vater ein paar bretter, entleerte die notdurft und reichte ihr das essen hinein. danach nagelte er den verschlag wieder zu. um die welt nicht ganz zu verlieren und um den gestank loszuwerden, hatte das mädchen einen ziegel gelockert. durch den spalt konnte sie ein kornfeld und den angren-

zenden wald sehen. die halme standen in kniehöhe. das korn war noch grün.

dieses ewige herumhocken, sagte meine mutter, muss ja kaum auszuhalten gewesen sein. und so hat die gutwengerin immer wieder durch die lücke zwischen den ziegeln geschaut. es war gegen abend, da sah sie, wie die elisabeth von zwei russischen soldaten ins kornfeld gezerrt und dort zu boden geworfen wurde. die gutwengerin hat mir das alles erzählt. sie sagt, sie hat zum himmel gefleht, dass die russen aufhören mögen. die soldaten haben elisabeth den mund zugehalten. als sie danach fortgingen, hat die elisabeth einen fehler gemacht. sie hat ihnen nachgerufen. ich habe euch doch nichts getan! die gutwengerin sagt, sie hat es deutlich hören können. ich habe euch doch nichts getan.

die beiden russen haben sich umgedreht und sind zurückgekommen. einer hat sie zu boden geworfen, der andere hat die pistole gezogen und einen schuss abgegeben. dann sind sie fortgelaufen. die gutwengerin war so verängstigt, dass sie den ziegel geschlossen hat. sie sagt, dass sie sich am anfang gar nicht sicher war, ob sie das ganze nicht vielleicht geträumt hat. sie war ja eingesperrt und hat sich alles mögliche vorgestellt. aber dann hat ihr vater das essen gebracht und zu ihr gesagt: rühr dich nicht da drinnen. die russen haben die graf-tochter erschossen.

meine mutter stand mit dem letzten kraut vor mir, wie erstarrt, als hätte die aufforderung, sich nicht zu rühren, ihr gegolten. dann fing sie sich wieder und erinnerte sich, warum sie zu mir gekommen war. aber das schaff war schon voll.

macht nichts, sagte sie. ich werde das kraut mit speck anrösten, so haben wir gleich ein abendessen.

sie brachte mir ein lavoir voll wasser und ich wusch mir die krautschnipsel von den füßen. beim begräbnis, sagte sie, war das ganze dorf auf den beinen. wir haben uns dauernd umgeblickt, weil wir angst hatten, die russen könnten uns überfallen. die gräfin hat am offenen grab geschrien und gewimmert, so etwas habe ich noch nicht erlebt.

und es hat keine untersuchung gegeben?

man hat es der russischen kommandantur in zwettl gemeldet. nach ein paar wochen ist bei uns am gemeindeamt eine mitteilung angeschlagen worden. die untersuchung ist abgeschlossen. zur fraglichen zeit haben in der einheit keine soldaten gefehlt. meine mutter reichte mir ein handtuch. sie sagte, aber die soldaten können natürlich auch von einer anderen einheit gewesen sein.

ich trocknete mir die füße ab, zog meine socken an und stülpte die hosenbeine hinab. während meine mutter den krauthobel ins vorzimmer trug, fragte ich sie: und was ist jetzt das problem der gutwengerin?

sie hat vor dem bachmaier-begräbnis blumen auf das grab von elisabeth graf gelegt. der schmied war zufällig auch im friedhof. und da hat sie zu ihm gesagt, dass der eine russe gehinkt ist, so wie der bachmaier.

heißt das …

sie meint, es könnten die beiden bachmaier-brüder in russischen uniformen gewesen sein. sie hat immer erzählt, dass sie den mord beobachtet hat. aber dass der eine gehinkt ist, hat sie nie gesagt. sie ist alt und bildet sich das vielleicht jetzt ein. leider hat der schmied das beim begräb-

nis weitererzählt. und so hat es der franz erfahren und dann ging das los. dabei hat sie ja gar nicht behauptet: der bachmaier war es. sie hat nur gesagt, einer der beiden ist gehinkt, wie der bachmaier. damals sind viele leute gehinkt.

meine mutter schloss das schaff mit einem deckel. sie drückte so lange darauf, bis an den rändern der krautsaft herausquoll. dann leerte sie das lavoir, in dem krautschnipsel schwammen, in die abwasch.

so, sagte sie, und jetzt gehst du zum bachmaier und redest mit ihm. ich richte inzwischen das abendessen.

was soll ich sagen?

du sagst ihm, dass es der gutwengerin leid tut. und er soll doch nicht so feindselig zu ihr sein, sonst tut sie sich wirklich noch was an. wir müssen wieder frieden haben im dorf. man kann doch nicht eine alte frau verstoßen.

hat der franz sie bedroht?

er hat zu ihr gesagt: du schandfleck, trau dich noch einmal auf die straße. anspucken sollte man dich. und jetzt weiß sie nicht mehr ein noch aus.

warum redest eigentlich du nicht mit dem franz?

ich habs ja probiert. aber er ist sofort fuchsteufelswild geworden. von mir aus soll sie sich umbringen, die verleumderin, hat er gesagt und dann nichts mehr davon hören wollen. nimm ihm ein paar nagowitz-birnen mit, die hat er immer so gern gehabt. ich habe sie heute frisch abgenommen.

sie holte den einkaufskorb und füllte ihn mit den birnen, die in der stube auf dem fensterbrett lagen. du hast die doch auch gern? fragte sie. als ich nickte, nahm sie die

hälfte der birnen wieder heraus und reichte mir dann den korb.

so, und jetzt geh.

mit dem korb kam ich mir ein wenig wie rotkäppchen vor. ich ging die dorfstraße hinab. es kamen mir ein paar autos entgegen. die fahrer grüßten mich, ich grüßte zurück, aber ich erkannte sie nicht. sie waren, als ich im dorf gelebt hatte, noch gar nicht auf der welt gewesen.

hinter dem hügel, von dem wir im winter mit kunstdüngersäcken heruntergerutscht waren, lag der bachmaier-hof. das tor war offen. im hof standen zwei traktoren und ein auto. es war niemand zu sehen, aber vom gegenüberliegenden stall hörte ich die sauggeräusche der melkmaschine.

ich ging in den stall und war überrascht, wie groß er war. er war nach hinten hinaus zu einer betonhalle ausgebaut worden, in der unzählige kühe frei herumgingen. die meisten drängten sich um ein förderband, an dem das futter vorbeifuhr. die anderen standen an den melkständen schlange und warteten geduldig, bis sie drankamen. eine frau mit gummihandschuhen desinfizierte die euter. das war frieda, seit langer zeit mit dem franz verheiratet. im alter von vierzehn jahren hatten wir uns auf dem heimweg von der osternacht geküsst. ihr elternhaus lag am unteren ende des dorfes. ich brachte sie heim. es war einer meiner ersten küsse überhaupt, und bei ihr wird es wohl nicht anders gewesen sein.

sie war so mit dem desinfizieren der zitzen und dem überstülpen des melkgeschirrs beschäftigt, dass sie mich nicht bemerkte. grüß dich, sagte ich, und sie fuhr hoch

und sagte, jetzt hast du mich aber erschreckt. ihr haar steckte in einer dieser durchsichtigen duschhauben, wie sie in hotels aufliegen. sie streifte den gummihandschuh von ihrer rechten ein stück herab und reichte mir das handgelenk.

dass du wieder einmal im land bist.

ich sagte, der mann mit dem obst ist da.

sie schaute in den korb hinein. nagelwürzbirnen, sagte sie. ich erinnerte mich, dass auch ich als kind nagelwürzbirnen gesagt hatte. plötzlich trat eine verlegenheit ein, und ich wusste nicht, was ich als nächstes sagen sollte. wir schauten uns an und ich dachte, sie hat augen wie eine kuh.

sie fragte, kommst du zum franz?

ja, sagte ich.

der ist drinnen, du kannst gleich da vorne durchgehen.

vielleicht sehen wir uns ja noch, sagte ich. immer noch kamen mir ihre augen übertrieben groß vor.

das haus war umgebaut worden. in der küche saß, schwarz gekleidet, die bachmaierin neben dem herd. ich reichte ihr die hand und kondolierte, sie nickte nur. ich war nicht sicher, ob sie mich erkannt hatte. der raum nebenan war vollgestellt mit einer rustikalen sitzgarnitur. franz saß vor dem computertisch. er trug einen grünen overall mit der aufschrift lagerhaus groß gerungs.

hey, sagte er, das ist ja eine überraschung.

so sind die bauern, sagte ich. die frau im stall und der mann spielt mit dem computer.

du wirst lachen, antwortete er, aber die frieda kann das besser als ich.

was machst du da überhaupt?

ich stell das futter neu ein. wir haben zu viel fett in der milch.

viel fett ist doch gut, sagte ich.

er lachte. aber das zahlt mir keiner. du kommst sicher beileid wünschen.

ich gab ihm den korb mit den birnen. er stellte ihn beiseite und sagte, deine mutter ist ja eine ganz abgedrehte. du hast sicher gehört, was hier los ist.

die alte gutwengerin, sagte ich.

deswegen bist du jetzt eigens angereist?

ich musste es zugeben. ich hatte nicht damit gerechnet, dass er von sich aus so schnell auf das thema kam.

schau, sagte er, wieso hätten mein vater und mein onkel russische uniformen anziehen sollen? die graf-tochter hätte sie trotzdem erkannt. das ist doch ein aufgelegter schwachsinn.

mich musst du nicht überzeugen, sagte ich. nichts ist für mich leichter, als wieder nach leipzig zu fahren. aber die gutwengerin, der es längst leid tut, was sie gesagt hat, muss hier weiterleben können.

die soll entweder zur polizei gehen und sagen, was sie weiß, oder sie soll die goschn halten. aber das ganze dorf rebellisch machen und dann sagen, es war nichts, so geht es nicht.

hast du eigentlich jemandem erzählt, dass wir auf die totenschädel geschossen haben?

nicht einmal der frieda, sagte er. sein tonfall war leiser geworden. das werden schon russen gewesen sein. in den letzten sechzig jahren ist niemand aus der umgebung ver-

schwunden. das geht sicher auf die kriegszeit zurück. von mir aus können sie die knochen dem pfarrer wieder wegnehmen und zu den wissenschaftlern nach wien bringen.

franz lud mich auf einen selbst gebrannten obstler ein. wir setzten uns in die garnitur und begannen von alten zeiten zu reden. aber dann kam er von selbst wieder auf die knochen zurück. er sagte, weißt du, wer sie in die truhe gegeben hat? das war nicht mein vater, sondern meine mutter. sie war der meinung, dass mein vater sie auf dem dachboden ausgelegt hat und zum beten verwendet. das wollte sie nicht, und so hat sie sie heimlich weggeschafft. aber sie hat natürlich nie mit ihm darüber gesprochen. du weißt ja, was für ein verstockter hund er war.

bleibt immer noch die gutwengerin, sagte ich. geh einfach hin und sag zu ihr: ob du gesehen hast, dass einer der männer in russischer uniform hinkt, ist völlig egal, solange du daraus nicht den schluss ziehst, dass es mein vater war. und weil sie das auch gar nicht behauptet, könnt ihr euch eigentlich versöhnen.

aber ich tu ihr doch nichts, fuhr franz mich an. sie soll nicht so hysterisch sein und jetzt auch noch deine mutter aufhetzen, und du kommst jetzt extra aus leipzig daher. wo sind wir denn? bin ich ein schwein oder was? komm trink noch einen und vergessen wir das altersschwache gerede.

er schenkte mir das glas voll und füllte dann auch sein eigenes.

die graf-familie ist ausgestorben, mein vater ist tot, mein onkel ist tot. wieso sollen wir uns jetzt zu richtern von toten machen? beim tod haben wir nichts mitzure-

den. ein leben lang hat sie zeit gehabt, etwas zu sagen, aber kaum ist mein vater unter der erde, streut sie irgendwelche gerüchte.

wo sind eigentlich deine kinder, fragte ich.

die älteren drei sind schon aus dem haus, der jüngste ist zum fotoclub nach horn gefahren.

jetzt erst bemerkte ich die fotos, die überall an der wand hingen. ich stand auf und sah sie mir der reihe nach an. auf einem war ein kornfeld abgebildet, in dem drei mädchen mit strohhüten standen. im hintergund war der turm der dorfkirche zu sehen. ich wagte es nicht, franz auf dieses bild anzusprechen. ich lebte selbst schon im wahn der gutwengerin. wir tranken noch ein paar gläser und sprachen dabei von unserer schulzeit. irgenwann stieß frieda zu uns. sie sagte, so ist das mit euch männern, wenn man euch allein lässt.

franz sagte, dein früherer freund will, dass ich der gutwengerin mitteile, dass sie sich nicht mehr aufhängen muss. er lachte hämisch.

es ist zeit zu gehen, dachte ich.

frieda schien einen augenblick nachzudenken. dann sagte sie: solange du nicht zur gutwengerin gehst, wird diese geschichte im dorf weitererzählt werden. und weil niemand genaues weiß, wird dein vater immer stärker in schiefes licht kommen.

dann wird die geschichte halt weitererzählt, antwortete er. es wird ja auch gesagt, dass die mondlandung in einem hollywood-studio gedreht wurde.

fein, sagte sie, dann machen wir einen film daraus. ich spiele die graf-tochter, und du bringst mich um.

spinnst du? sagte er und schüttelte heftig den kopf. dann sagte er: da musst du mir zuerst noch eine russische uniform nähen. zu mir gewandt, fügte er hinzu: nähen kann sie nämlich nicht.

er nahm die obstlerflasche und füllte erneut mein glas.

und ich, fragte frieda.

du kannst einen stammtisch mit der gutwengerin aufmachen.

dann stand er aber doch auf und holte ein weiteres glas aus dem schrank. während er einschenkte, fragte er: wie war heute der ertrag?

523 liter.

zu viel fett, zu wenig milch. das kann nicht nur an der futtermischung liegen. vielleicht sollte ich noch ein paar tränker anbringen?

ja, sagte sie, probier das.

wir prosteten einander zu und sprachen von da an nur noch von der schulzeit. frieda brachte ein foto von unserer volksschulklasse, franz brachte noch einen vogelbeerschnaps, eine besonderheit, wie er sagte. ich zeigte auf dem foto von einem auf den anderen und ließ mir erzählen, was aus ihnen geworden war. bis mir einfiel, dass meine mutter mit dem abendessen auf mich wartete. frieda rief bei meiner mutter an und bestellte mein abendessen ab. dann ging sie in die küche und servierte uns einen aufschnitt aus wurst und käse.

als ich in das haus meiner mutter kam, war sie schon schlafen gegangen. in der küche stand noch das krautschaff. am nächsten morgen schleiften wir es gemeinsam

in die speisekammer. wir hoben einen stein auf den deckel.

meine mutter bereitete mir das frühstück. ich fragte sie, willst du gar nicht wissen, wie es gestern war?

sie sah mich eine weile an. dann sagte sie, nett wird es gewesen sein, sonst wärst du nicht so lange geblieben. und dann fügte sie zu meiner überraschung hinzu: vielleicht ist es gut, dass der franz nicht weiß, wie es wirklich war.

moment, sagte ich. du glaubst doch nicht, dass es die bachmaier-brüder getan haben? und was ist dann mit den beiden skeletten?

irgendwoher mussten die bachmaier-brüder ja die russischen uniformen haben.

du meinst, sie haben sie umgebracht?

die sind plötzlich so fromm geworden, das hat nicht zu ihnen gepasst. und was die elisabeth gerufen hat: ich habe euch doch nichts getan. ruft man so etwas russen nach, die einen gerade vergewaltigt haben?

und da schickst du mich zum franz? fragte ich.

wir wissen nicht, wie es wirklich war. und die gutwengerin weiß es auch nicht. aber sie soll wieder ihren frieden haben.

ich schaute meine mutter sprachlos an. da fügte sie hinzu: danke, dass du gekommen bist.

aber ich habe doch gar nicht helfen können.

wart ab. wenn du zu weihnachten kommst, dann kosten wir das sauerkraut.

bevor ich losfuhr, drückte mir meine mutter einen plastiksack mit nagowitzbirnen in die hand. dann tauchte sie ihren daumen in den neben der eingangstür hängenden

weihwasserspender und zeichnete mir kreuze auf stirne, mund und brust. sie sagte: im namen des vaters, des sohnes und des heiligen geistes. ich bedankte mich und ging zum auto.

als ich am friedhof vorbeikam, hielt ich an. ich wollte eigentlich das grab meines vaters besuchen. aber auf dem weg dorthin stieß ich auf einen mit frischen kränzen bedeckten hügel. es war das familiengrab der bachmaier. der verstorbene war auf dem grabstein noch nicht eingetragen.

anstatt zu meinem vater zu gehen, suchte ich danach das grab der familie graf. ich fand es auf der anderen seite des friedhofs. auf dem grabstein stand: elisabeth graf, 7. mai 1925 – 6. juni 1945. kein vermerk über die todesursache. darunter standen die namen ihrer eltern. irgendjemand pflegte das grab. auf der einfassung lagen drei heckenrosen.

ich ging die friedhofsmauer entlang, bis ich auf einen mit steinen umringten, kleinen erdhaufen stieß, in dem ein holzkreuz steckte. es wirkte wie das grab eines babys.

ich ritzte fiona & ferdinand in den sand. als ich schon im auto saß und gestartet hatte, stieg ich noch einmal aus und lief zurück. ich löschte mit den schuhsohlen die buchstaben wieder aus.

zugvögel

in einer imbissstätte, die von einem campingwagen aus betrieben wurde, saß ein mann zurückgelehnt in einem schäbigen stuhl und genoss den sonnenuntergang. er war den ganzen tag lang damit beschäftigt gewesen, die bahn eines himmelskörpers zu berechnen, den er in der nacht davor entdeckt hatte. die computeraufzeichnungen waren ausreichend genau, um aus dem verhalten des lichts rückschlüsse auf die form des objekts zuzulassen. der himmelskörper war ein asteroid, groß genug, dass man sein im vorbeiflug der erde zugewandtes oval an einem tag nicht hätte durchwandern können. die berechnungen ergaben, dass er eine einbuchtung haben musste und von einer trümmerwolke umgeben war. der astronom führte das auf eine kollision zurück, die dem objekt erst kürzlich, in den letzten jahrtausenden, widerfahren war. für diese annahme sprach auch die hohe rotationsgeschwindigkeit. der asteroid benötigte für eine drehung um die eigene achse nur etwa fünf stunden.

neben sich hatte der astronom eine karaffe wein und einen teller mit muschelschalen stehen. die einfache imbiss-

stätte war erst vor kurzem eröffnet worden. sie gehörte janica, einer schwarz gekleideten frau um die fünfzig. es gab keine speisekarte, es gab auch nichts zu bestellen. es gab nur das, was janica auf den tisch stellte, wein, wasser und eine speisenfolge, deren einzelne gänge im voraus nur ihr allein bekannt waren. der astronom hielt das glas in der hand und beobachtete uns, als wir kamen. er hatte senkrechte stirnfalten.

igor, ein schauspieler, bei dem ich zu gast war, hatte mich hierher gebracht. wir hatten nach rovinj fahren wollen. wegen eines staus an der hauptstraße hatte er sich zu einem umweg durch die küstendörfer entschlossen. igor war eigentlich nur aus neugier stehen geblieben. er wollte wissen, ob nun jeder hier einfach seinen wohnwagen abstellen und sich als gastwirt ausgeben kann. ein handbeschriebenes holzschild hatte diese andeutung von einem campingplatz als restaurant ausgewiesen.

als janica meinen freund igor erblickte, ließ sie alles stehen und lief auf ihn zu.

janica! rief igor. janica, was machst du hier?

das ist mein restaurant, sagte janica. sie umarmte ihn und legte dabei den kopf an seine brust. igor nahm ihren kopf in beide hände. seit wann bist du hier? ich dachte, du lebst in der schweiz.

ich wusste auch nicht, dass du zurück bist, sagte janica.

igor drückte diese fast bäuerlich wirkende, schwarz gekleidete frau eng an sich. einen moment lang war es, als würde sie zu weinen beginnen. sie fing sich aber schnell und fragte: wo lebst du jetzt?

in wien.

er ließ janica los und stellte mich vor.

janica sagte auf deutsch: ach schau, ein österreicher. dann wandte sie sich wieder igor zu.

wann bist du weg?

die antwort von igor war fast ein wenig schnippisch: ich bin nicht, so wie du, vor vierzehn, sondern erst vor vier jahren fortgegangen.

sie war einen moment irritiert und sagte, du musst mir alles erzählen. ich komm dann zu dir an den tisch. aber jetzt habe ich koteletts in der pfanne. sie holte aus einem verschlag zwei campingstühle hervor, klappte sie auf und stellte sie an einen der drei tische. es war der tisch, an dem der mann mit den senkrechten stirnfalten saß. dann verschwand sie im dampfenden wohnwagen.

der astronom stand auf, um uns die hand zu geben. er war um die vierzig und trug ein kurzärmeliges hemd.

my name is zlatko, sagte er.

janica brachte eine karaffe wein und gläser.

trinken sie auch wein? fragte sie mich.

wein und wasser, sagte ich.

wasser dauert noch.

sie nahm den teller mit den muschelschalen und wischte mit ihren groben händen über den tisch. ich muss mirjana verständigen, sagte sie. während sie wegging, hörten wir sie noch einmal sagen: ich muss mirjana verständigen. durch das wohnwagenfenster war zu sehen, dass sie an einem handy herumdrückte. sie telefonierte so laut, dass jeder es hören konnte. was glaubst du, wer da ist, schrie sie aufgeregt ins telefon. nein, ich sags dir nicht, du musst selbst sehen. nein, ich sags dir nicht. komm vorbei, wirst schon sehen.

während sie sprach, schaute sie immer wieder zu igor herüber.

ich hatte igor in wien kennen gelernt. er war schauspieler. an mehreren abenden hatte er mir lang und breit seine geschichte erzählt. seit er sich in einem interview nicht als kroate, sondern als jugoslawe bezeichnet hatte, war er in keinem kroatischen film mehr zu sehen gewesen. in der kroatischen presse war eine lange auseinandersetzung um ihn geführt worden. wenn man seine wiener wohnung betrat, sah man als erstes diese zeitungsausschnitte. sie lagen auf der kommode im vorzimmer. igors glück war, dass er vor dem krieg einmal in einem deutschen krimi gespielt hatte. es war ihm gelungen, die alten kontakte wieder aufzunehmen. nun drehte er vor allem in österreich und deutschland.

igor hatte zwei ehen hinter sich. er war nach pula gefahren, um die aus seiner zweiten ehe stammende zwölfjährige tochter zu treffen, und hatte mich eingeladen, ihn zu begleiten. wir wohnten in seinem alten zweizimmerapartment. ich sah mir die stadt an, er traf sich mit freunden und ging mit seiner tochter an den strand. am abend gingen wir gemeinsam aus. um mir seine geschichte nicht noch ein weiteres mal anhören zu müssen, versuchte ich möglichst schnell mit dem mann ins gespräch zu kommen, an dessen tisch wir platz genommen hatten. wir sprachen englisch miteinander, obwohl zlatko auch deutsch hätte sprechen können. er hatte zwei jahre in graz studiert. er sagte, er erinnere sich gerne an seine grazer zeit. was beruflich aus ihm geworden sei, verdanke er graz. damals sei der komet shoemaker-levy 9 in das gravitationsfeld des plane-

ten jupiter geraten und in 21 große teile zerbrochen, die gegen ende seiner grazer zeit in der dichten atmosphäre des jupiter aufschlugen. dabei seien feuerbälle, größer als die erde, zu beobachten gewesen. um uns zu zeigen, wie chancenlos der komet war, der vom großen planeten regelrecht aufgefressen wurde, ließ er das weinglas um die karaffe kreisen, um es schließlich darin zu versenken, wobei es allerdings stecken blieb.

shoemaker-levy 9, sagte zlatko, war mein stern von graz. er hat mir den weg gewiesen. damals habe ich begonnen, mich auf asteroiden und meteroiden zu spezialisieren. sie sind meine haustiere geworden. ein bestimmtes segment des asteroidengürtels lässt sich von istrien aus besser beobachten als von jedem anderen punkt der erde.

zlatko lud uns ein, ihn in seinem observatorium zu besuchen. es sei in der nähe von poreč, allerdings etwas schwierig zu finden. er werde uns den weg aufzeichnen.

igor fragte, wie viele von diesen asteroiden gibt es eigentlich?

unzählige, antwortete zlatko. wenn wir nur diejenigen nehmen, die mindestens einen kilometer durchmesser haben, dürfte es allein zwischen den bahnen der planeten mars und jupiter eine gute million davon geben. von den ganz kleinen gar nicht zu reden.

wir saßen eine weile schweigend da.

daran wird die welt zugrunde gehen, sagte igor.

möglich, antwortete zlatko. es sind sicher ein paar tickende bomben darunter.

und dann erzählte er von dem asteroiden, den er in der nacht davor entdeckt hatte. er werde der erde von begeg-

nung zu begegnung näher kommen. bei der 22. begegnung könnte seine bahn die erdbahn kreuzen. er ist groß genug, sagte zlatko, um die atmosphäre zu durchdringen. wenn er im meer einschlägt, kann das ein ordentlicher tsunami werden. da wäre es ganz gut, in den bergen zu wohnen.

zlatko hatte seine diplomarbeit über tsunamis in der folge von meteoriteneinschlägen geschrieben. später hatte er über dieses thema oft vorträge gehalten.

ihr könnt aber hier ruhig noch eine weile sitzen bleiben, sagte er. unser freund benötigt für seine umlaufbahn 258 jahre. die 22. begegnung wird also erst in 5676 jahren stattfinden.

er wartete ein wenig den eindruck seiner stegreifmathematik ab, dann fügte er hinzu:

wir könnten ihm heute abend gemeinsam einen namen geben.

taufen wir ihn erlöser, sagte ich.

das kann nur schief gehen, meinte igor. da richten sich zu viele hoffnungen auf ihn. tauf ihn lieber marilyn.

zlatko lachte. vor 30 jahren, sagte er, haben sie eine marilyn nach der anderen getauft. heute wollen sie von den frauennamen wegkommen, weil das ganze firmament mittlerweile mit frauen übervölkert ist.

und dann begann zlatko von einer gescheiterten mission der europäischen raumfahrt zu erzählen, die ihm, wie er sagte, unendlich wertvolle informationen über genau jenes himmelssegment geliefert hätte, auf das er spezialisiert sei. während er seine gabel als ariane 5-plus-rakete starten und gleich darauf im sand abstürzen ließ, erhoben sich zwei gäste, um, wie es schien, am strand spazieren zu gehen,

und während zlatko uns vorführte, wie ein weinglas namens rosetta auf einer karaffe namens wirtanen hätte landen sollen, durch das raketenunglück aber den letztmöglichen starttermin versäumt habe, merkte ich, dass die gäste nicht spazieren gingen, sondern hinter den am strand liegenden felsbrocken ihr wasser abschlugen.

hör mal, igor, rief janica zu uns herüber, mirjana wird kommen!

tatsächlich? mirjana? ich habe sie nicht gesehen, seit ihr weggegangen seid. da war sie zehn jahre alt.

elf, korrigierte janica.

irgendjemand hat mir erzählt, mirjana lebt in kanada.

das stimmt auch, sagte janica. aber diesen sommer ist sie hier.

sie kam mit einer karaffe wein aus dem wohnwagen, stellte sich hinter igor und legte ihm eine hand auf die schulter. igor nahm die hand und drückte sie an seine wangen.

wir taufen gerade einen stern nach dir, sagte er.

einen stern?

mehr so einen klumpen aus eisen und stein, sagte zlatko.

ich will nicht, dass ein klumpen nach mir benannt wird. wenn, dann ein leuchtender stern. sie entriss igor ihre hand, hob sie theatralisch an und ließ sich selbst als stern leuchten.

tut mir leid, sagte zlatko. für einen stern bin ich eine nummer zu klein. ich bin nur für die klumpen zuständig.

sie brachte die karaffe wein zum nebentisch und ging in den wohnwagen zurück. igor sagte: ihr mann war ein bekannter schauspieler.

was ist aus ihm geworden? fragte zlatko.

er ist verschwunden. du hast vielleicht von ihm gehört. ivo radić.

das ist die frau von ivo radić? ist das wahr? zlatko war plötzlich ganz aufgeregt.

ja, sagte igor. auch sie ist einmal schauspielerin gewesen. janica und mirjana sind im sommer 1991 weggegangen. ivo hat darauf gedrängt, dass sie fortgehen. er hat über das schauspielhaus in zürich eine erste bleibe in der schweiz organisieren können. er selbst aber wollte unbedingt hier bleiben. wir haben damals noch gemeinsam in filmen gespielt, er die hauptrolle, ich den siebten zwerg. es ärgerte ihn, dass janica in der schweiz keine rolle bekam. aber sie hat ja auch hier kaum noch gespielt, seit sie mirjana hatten. er schickte ihr geld. janica musste in der schweiz andauernd kontoauszüge vorlegen. sie kam bald in schwierigkeiten, denn ivo radić hörte zu spielen auf. mir war das zunächst gar nicht aufgefallen. erst als ich ihn eines tages zufällig in pula auf der straße traf und ihn fragte, wie es janica und mirjana gehe und was er gerade drehe, da sagte er, dass sich das alles nicht im vorbeigehen beantworten lasse. wir haben uns dann in das café gegenüber von der castropola-buchhandlung gesetzt. er erzählte mir, dass er nicht mehr spiele, sondern im moment wichtigeres zu tun habe. janica habe in davos arbeit gefunden, bei thomas mann sozusagen. er wirkte entspannt und zuversichtlich. er sagte, er werde bald nach bosnien gehen. ich habe ihn gefragt, hast du dich zur armee gemeldet, und er hat geantwortet, so ähnlich kann man das sagen. aber er wollte mir nicht verraten, was genau er in bosnien machen werde. er

tat so, als wüsste er es selber noch nicht. es war ja kriegsrecht, da traf man immer wieder leute, die speziellen aufgaben nachgingen. man musste einfach vertrauen, dass sie etwas nützliches und wichtiges taten. wir saßen vielleicht eine stunde zusammen, dann hatte er es eilig. es war meine letzte begegnung mit ivo radić.

ivo radić, flüsterte zlatko. ich habe ihn verehrt. er war der unbestechliche, der mann, der sich nicht kaufen lässt. der keine konfrontation scheut und sich letztlich durchsetzt. ich habe nach dem kino seinen gang nachgemacht. diese vorgezogenen schultern, sagte zlatko, stand auf und ging ein stück in king-kong-manier auf und ab. du erinnerst dich, sagte er. wenn der durch einen film geschlurft ist, war er nicht aufzuhalten. das war ivo radić.

igor sagte, vielleicht wollte er auch in wirklichkeit so sein.

doch mit einem mal schien igor das interesse verloren zu haben, weiter über ivo radić zu reden. als zlatko erneut von ihm anfing, sagte er, klar, er war ein großer schauspieler, ein bisschen manieriert vielleicht, aber das ist lange her.

doch zlatko gab nicht auf und fragte: ist er den serben in die hände gefallen?

ich weiß es nicht, sagte igor. frag janica. er ist verschwunden, das ist alles, was ich weiß.

janica hatte begonnen, aus dem wohnwagen neue teller und schüsseln herauszutragen. sie blickte immer wieder zu uns herüber, mit unverkennbarer freude, igor wiederzusehen.

ich fragte zlatko: wie viele himmelskörper hast du eigentlich schon entdeckt?

genau genommen war es jetzt der 314. diese zahl wird der erste teil des namens sein. das habe ich immer so gemacht. zuerst die ordnungszahl in der reihe meiner entdeckungen, dann ein vorname.

314 zlatko, sagte ich.

zlatko lachte. ich muss gestehen, ich habe gleich meinen ersten asteroiden nach mir benannt. 1 zlatko. ja, den gibt es. mittlerweile gibt es auch noch einen 67 zlatko und einen 211 zlatko. beide stammen nicht von mir.

zlatko kam erneut ins reden. er sagte, dass er sich bislang erfolgreich weigere, seine findlinge nach jenem schema zu katalogisieren, das sich in den letzten jahrzehnten eingebürgert habe. zuerst das jahr der entdeckung, danach eine buchstaben- und zahlenfolge. welche buchstaben und zahlen es sein sollten, das ließe sich auf einer amerikanischen website erfragen. der name, der dieser systematik zufolge fällig wäre, laute – und hier zog igor einen zettel aus der brusttasche des hemdes, dann las er vor: 2004 YN6. er habe sich den namen sicherheitshalber notiert, falls er bis morgen keinen besseren finde.

ivo radić, sagte ich. wäre das nicht ein guter name für den asteroiden? dann wäre er nicht ganz so ein verlorener.

zlatko hatte einwände: vor- und nachname zusammen, das geht leider nicht. ivo habe ich schon getauft, für ivo andrić. und radić könnte missverstanden werden. es ist nicht meine aufgabe, die nationalheiligen unserer regierung abzusegnen.

es muss unbedingt ein frauenname sein, sagte igor. wenn schon marilyn nicht geht, wie wäre es mit sophia?

was hab ich mit sophia zu schaffen?

dann tauf ihn nach einer frau, die du kennst, nach einer freundin.

im moment, sagte zlatko, habe ich keine freundin, und die ehemaligen bin ich alle durch. den namen egle habe ich sogar zweimal verwendet, 17 egle und später noch einmal 83 egle, weil unsere liebschaft einen rückfall hatte. und dann habe ich auch noch ein paar frauen dazugenommen, die ich in wirklichkeit nie gekriegt habe.

das kann ja noch werden, meinte igor. sag mir, wer sie sind, und ich streue in der stadt ein paar hinweise.

diese frauen sind leider verheiratet.

was heißt verheiratet, fuhr igor auf. wenn die erfahren, was du für sie getan hast, und sie verlassen nicht augenblicklich ihren mann, sind sie deiner nicht würdig.

in diesem moment lachte ein weißhaariger mann am nebentisch hell auf, die anderen stimmten mit ein. wir drehten uns zu ihnen hinüber, merkten aber schnell, dass sie aus ganz anderen gründen gelacht hatten.

die wirtin kam mit einer pfanne lammkoteletts. sie ging von tisch zu tisch und verteilte das fleisch auf die teller. aus der ferne war das heulen eines mopeds zu hören.

das ist sie, sagte janica. das ist mirjana.

sie ließ die pfanne bei uns am tisch stehen und holte aus dem wohnwagen noch einen zusätzlichen teller und einen campinghocker. das moped wurde lauter. es fuhr den waldweg entlang und kam an den strand. darauf saß eine junge frau mit schwarzen, zu einem pferdeschwanz gebundenen haaren. sie trug keinen sturzhelm. in ihrer aufrechten haltung, mit durchgestrecktem rücken, wirkte sie groß und schlank. die schräg über ihren oberkörper verlaufenden rie-

men einer umhängetasche ließen ihre brüste deutlich hervortreten. obwohl sie durch sand fuhr, hatte sie keine mühe, eine hand von der lenkgabel zu nehmen und ihrer mutter zuzuwinken. sie lehnte das moped an den wohnwagen.

mirjana, rief ihre mutter und klopfte dabei auf den campinghocker. hier, mirjana.

während sie langsam auf uns zuschlenderte, schob sie den tragriemen der tasche über den kopf. igor ging ihr entgegen. sie standen sich eine weile gegenüber.

onkel igor, sagte mirjana, der böse onkel igor.

mirjana, sagte igor. du warst doch gerade noch ein kleines mädchen.

sie umarmten sich.

warum böse? fragte igor.

das hat mein vater immer gesagt. weil du jedes mal mit einer anderen frau zu uns gekommen bist.

igor stellte uns vor. über zlatko sagte er, dass er ein weltberühmter astronom sei und dass wir gerade dabei seien, einen namen für einen planeten zu finden, den er entdeckt habe.

nur ein asteroid, sagte zlatko.

ich mach das, sagte mirjana. ich habe in kanada einen freund, der wird den namen auspendeln. zlatkos senkrechte stirnfalten zogen sich ein wenig zusammen. mirjana setzte sich auf den hocker, nahm tabak aus ihrer umhängetasche und begann sich eine zigarette zu drehen.

warum sollte man das auspendeln? fragte zlatko.

mirjana sah ihn überrascht an. warum nicht? man kann einem planeten doch nicht irgendeinen namen geben, sondern man muss herausfinden, welcher name der seine ist.

aber er hat ja noch keinen namen, sagte zlatko.

woher wollen wir das wissen, entgegnete mirjana. wir wissen nur, dass wir seinen namen nicht kennen, aber wir wissen nicht, ob er schon einen hat.

nein, er hat keinen, sagte zlatko. er ist noch nicht registriert. ich bin die datenbank des gesamten segments durchgegangen. es wäre ja eine riesige blamage, wenn ich ein objekt anmelde, das schon ein anderer beschrieben hat.

mirjana hatte mittlerweile ihre zigarette zu ende gedreht. sie zündete sie an, stieß den qualm aus und nahm gleich danach einen tiefen, genussvollen zug. während sie den rauch langsam entweichen ließ, zupfte sie einen tabakkrümel von den lippen.

lasst euer fleisch nicht kalt werden, rief janica uns zu. sie eilte zwischen dem wohnwagen und den tischen hin und her, um die beilagen zu servieren. der weißhaarige mann am nebentisch schloss beim kauen hingebungsvoll die augen. janica, rief er, du bist mit gold nicht aufzuwiegen. für einen moment unterbrach janica ihr unentwegtes hantieren. ihr herber mund begann zufrieden zu lächeln.

mirjana zog den rechten fuss über ihr linkes knie hoch. sie trug sandalen mit einem riemen über der großen zehe. ihre beine waren enthaart. sie wollte sich zurücklehnen, aber der hocker hatte keine lehne. sie wirkte unruhig. igor schenkte ihr wein ein. sie sagte: wir können nicht so tun, als hätten wir alles, was es gibt, erfunden.

wir tun ja auch nicht so, sagte zlatko. er sprach mit vollem mund.

doch, ihr tut so, meinte mirjana. etwas benennen heißt, etwas in seine gewalt nehmen.

sie hatte noch immer nicht zu essen begonnen. zlatko schluckte hinunter. was ist das für eine seltsame theorie, sagte er und begann mit dem messer den eigenen satzfluss zu dirigieren. ein asteroid, den wir benennen, hat für uns eine wiedererkennbare identität, aber wir haben deshalb noch keine gewalt über ihn. wenn es ihm gefällt, uns in 5000 jahren zu durchlöchern, müssen wir erst einmal sehen, ob wir ihn vorher in unsere gewalt kriegen. der name allein nützt da gar nichts.

er beendete seinen vortrag mit einem messerschlag auf den tisch. ein brauner, dürrer hund kam den strand entlanggelaufen. er schnüffelte an den steinen, die zuvor von den gästen aufgesucht worden waren. mirjana schnitt ihr kotelett entzwei. den teil mit der rippe hielt sie dem hund hin. er kam zu ihr und schnappte danach, um gleich wieder wegzulaufen und hinter einem stein zu verschwinden. es dauerte nicht lange, da kam er zurück und blieb mit offenem maul vor mirjana stehen. sie schnitt noch ein weiteres stück ab und gab es ihm. wieder lief er fort.

igor fragte: was machst du, wenn du nicht gerade hunde fütterst?

ich spiele glasmarimba.

was ist das?

du musst dir das instrument wie eine normale marimba vorstellen, aber die resonanzkörper sind nicht aus holz oder metall, sondern aus glas. weingläser, flaschen, glasröhren. alles, was gut klingt. ich habe mir das instrument selbst gebaut.

und wo trittst du damit auf?

in bars. wir nennen uns birds of the balkans.

sie lachte und fügte hinzu: mit einem soloinstrument aus afrika und einem mexikaner als gitarristen. aber die leute mögen das.

mirjana hatte einen schweizer akzent. ich hatte mittlerweile fertig gegessen. mirjana nahm den knochen von meinem teller und gab ihn dem hund. dann verfütterte sie auch noch den rest ihres koteletts.

seit wann gibt es eigentlich dieses lokal hier, fragte ich. seit drei monaten, sagte sie. ihre mutter sei küchenhilfe in davos gewesen, in einem guten restaurant, das aber leider letztes jahr habe schließen müssen. 13 jahre, sagte sie, hat sie in diesem schweizer restaurant gearbeitet. aber am ende ist sie behandelt worden, als wäre sie nur 13 tage dort gewesen.

igor schenkte wein nach und prostete uns zu. er sagte: wir leben in einer welt von primaten. jeder bildet sich ein, er kann den herrn über den anderen spielen. jeder maßt sich irgendwelche angestammten rechte an. jeder glaubt, seine geburt habe ihn mit einem vorzug gegenüber anderen ausgestattet. den vorzug mag es geben, aber woher kommt das recht dazu? primaten eben.

uns gibt es halt noch nicht so lange, sagte zlatko. vielleicht gehen aus uns noch menschen hervor. er wandte sich an mirjana und begann wieder mit dem messer zu fuchteln. in einem hast du ja recht. so ganz ohne bedeutung sind die namen nicht. sie sind ein eingriff der jetztzeit in die datensysteme der fernen zukunft. darum ist das taufen von himmelskörpern auch für mich immer noch eine aufregende sache. schließlich wird der name des asteroiden vielleicht noch bestehen, wenn er selbst schon längst in einem größeren planeten verschwunden ist. das ist ja bei den kollegen,

die ferne galaxien benennen, noch viel schlimmer. sie wissen nicht, ob das, was sie sehen und benennen, in den letzten jahrtausenden überhaupt noch existiert hat. und so werden immer neue existenzen simuliert, bis irgendwann in ferner zukunft der irdische datenstrom abreißt.

zlatko öffnete den mund, um ausführlich zu gähnen. er drehte den kopf zur seite. schließlich hielt er, da das gähnen nicht aufhören wollte, das messer vor den mund.

mirjana wandte sich an igor: spielst du in einem neuen film?

wir drehen in zwei monaten in frankfurt einen tatort.

und was spielst du?

eine nebenrolle, ich spiele nur nebenrollen. meist sind es krimis und ich bin der balkanmafioso vom dienst.

ein kleiner junge kam mit einer schubkarre, auf der zwei sechserpackungen mit mineralwasser standen, den weg entlang. er bog zu uns ab und blieb nach ein paar metern im sand stecken. janica lief ihm entgegen und nahm ihm das mineralwasser ab. sie tätschelte seine wange und steckte ihm geld zu. der bub zerrte die schubkarre aus dem sand. dann stellte er sich verkehrt herum zwischen die haltestangen seines gefährts und fuhr damit wieder fort. janica riss eine der packungen auf und verteilte die flaschen auf die tische. die gläser, die sie aus dem wohnwagen brachte, hatten einmal dijon-senf enthalten. sie servierte die leeren teller ab. ich komme gleich, sagte sie zu igor, der das wasser ausschenkte. es war angenehm kalt.

mirjana drehte sich eine neue zigarette. ich konnte dem anblick nicht widerstehen und fragte sie, ob ich mir auch eine drehen dürfe.

help yourself, sagte sie und schob mir das päckchen zu.

kommst du oft nach istrien, fragte ich.

nein. meine mutter will hier wieder fuß fassen. aber ich will lieber in kanada bleiben und nur im sommer ein, zwei monate hier spielen. in den letzten jahren waren wir vor allem in der schweiz und in frankreich, jetzt fahren wir halt hierher. zugvögel. das ist genau das richtige für mich.

sie hielt einen moment inne, nahm einen zug von ihrer zigarette und verzog dann den mund. meine mutter will, dass ich bleibe. aber ich kann das nicht, auch wenn ich hier meine kindheit verbracht habe. dauernd ist vom krieg die rede. alle haben jemanden verloren, oder sie wissen von jemandem, der verschwunden ist. ich höre nur das. in kanada denk ich nicht daran. aber hier ist das allgegenwärtig. egal, wen du kennen lernst. alle erzählen dir, wen sie verloren haben. meine mutter spricht jeden tag davon. jeden tag.

mirjana stand auf und nahm ihre tasche. ich muss jetzt gehen. der auftritt wartet.

sie nannte uns die adresse. igor kannte die bar. wir versprachen, später nachzukommen.

ciao, sagte sie zu mir. ich antwortete, ciao, du balkanvogel. sie lachte mich an dafür.

zlatko sagte, er werde nicht nachkommen, er müsse schlafen gehen.

was ist jetzt mit dem stern, fragte mirjana.

nicht stern. es ist nur ein asteroid. zlatko zog seine stirnfalten zusammen. ich werde nachsehen, ob es 314 mirjana schon gibt.

in diesem fall, sagte mirjana, können wir auf das pendeln verzichten.

sie reichte ihm die hand.

mirjana winkte ihrer mutter zu, die begonnen hatte, fackeln in den sand zu stecken. das heulen des mopeds war noch eine weile zu hören, bevor es vom dichten mediterranen wald verschluckt wurde. kaum war mirjana fort, kam janica zu igor und legte ihm wieder eine hand auf die schulter. mit der anderen trank sie von seinem weinglas.

igor fragte: wann hast du von ivo das letzte mal etwas gehört?

im sommer 1993 habe ich über das rote kreuz den letzten brief erhalten. darin hat er geschrieben, dass er mit der versorgung von sarajewo befasst war. seither habe ich keinen einzigen hinweis mehr bekommen. als wäre er einfach vom erdboden verschwunden.

igor sagte: die werden ihn erwischt haben, und jetzt liegt er irgendwo in einem massengrab.

janica schaute aufs meer hinaus. zwischen den felsen konnte man den noch roten horizont sehen, von dem sich, auf der anderen seite der bucht, dunkle schlote abhoben. janica hatte zu weinen begonnen.

igor stand auf und nahm sie in seine arme. er lebt noch, schluchzte sie, ich weiß, dass er noch lebt.

igor sagte, 1993, das ist zwölf jahre her. du musst dich langsam mit den tatsachen abfinden.

da entriss sie sich aus seinen armen und schrie mit ihrer vom weinen gebrochenen stimme, dass man es weit herum hören konnte: er lebt! er lebt! er lebt!

es war still geworden. die gäste hatten zu reden aufgehört. nur der wellenschlag an den steinen war zu hören. janica setzte sich auf mirjanas hocker, goss sich wein ein und trank das glas in einem zug leer.

bevor ich gehe, sagte zlatko in die stille verlegenheit hinein, muss ich euch noch die wegbeschreibung geben. er nahm aus der hemdtasche den zettel, auf dem er den der systematik nach fälligen namen für seinen asteroiden notiert hatte, und zeichnete uns im schein der fackel abzweigung für abzweigung den weg von pula zum observatorium auf. darunter schrieb er seine telefonnummer. das findet ihr, sagte er. ruft mich vorher an. dann kann ich euch ein paar schöne bilder vorbereiten.

zlatko wollte zahlen, aber igor sagte, das übernehme er. zum abschied mussten wir zlatko versprechen, dass wir sicher kommen würden. dann verschwand er. es war mittlerweile so dunkel geworden, dass man nicht mehr bis zur straße hinübersehen konnte.

nach und nach kamen die gäste, um zu zahlen. janica berechnete allen denselben preis. sie legte das geld einfach am tisch ab. als sie später in den wohnwagen ging, um zigaretten zu holen, ließ sie das geld liegen. igor schichtete es um. er beschwerte die scheine mit münzen, damit der aufkommende abendwind sie nicht forttragen konnte. durch das wohnwagenfenster konnten wir sehen, wie janica eine petroleumlampe entflammte und bald darauf wieder löschte. als sie zurückkam, hatte sie nicht nur zigaretten in der hand, sondern auch eine neue karaffe wein. sie zog den bequemeren stuhl, auf dem zlatko gesessen hatte, an igor heran. eine weile saß sie nur da, trank und

rauchte, ohne dass wir ein wort redeten. igor hängte sich in ihren arm ein.

warum glaubst du, dass er noch lebt?

sie wartete eine weile mit der antwort, dann flüsterte sie: ich weiß es einfach. sie rutschte ganz an igor heran, lehnte sich zu ihm hinüber und drückte die wange an seine schulter. noch einmal flüsterte sie: ich weiß es einfach. igor legte den arm um sie.

aber woher? fragte er.

sie nahm das gerade gefüllte weinglas und trank es leer. dann zündete sie sich eine neue zigarette an.

woher? fragte igor.

weil er jede nacht zu mir kommt.

ihre augen füllten sich wieder mit tränen. sie ließ sie rinnen, starrte ins leere glas. hinter igor war ein zipfel der mondsichel erschienen. ich sah ihr zu, wie sie sich, schmal und gleichförmig wie ein tellerrand, langsam aus einem baum herausschälte. janica hatte den kopf sinken lassen. ihre zigarette brannte zum filter, ohne dass sie daran zog. es war, als wäre sie eingeschlafen. igor begann ihren oberarm sanft zu tätscheln. er schenkte ihr ein neues glas wein ein, wiederum trank sie es aus ohne abzusetzen.

sie fragte, bin ich alt? igor zog sie enger an sich.

nein, du bist nicht alt.

warum muss ich dann allein leben?

ich lebe auch allein.

das kannst du nicht vergleichen, sagte sie. du hast immer zehntausend freundinnen gehabt und das wird jetzt nicht anders sein. ich habe niemanden.

du hast mirjana.

meinst du, die lebt bei mir? die wohnt bei freunden in der stadt. ich bin froh, wenn sie alle paar tage einmal vorbeikommt. ich kann doch jetzt nicht zu meiner alten mutter gehen und sagen, so, da bin ich wieder. ich habe 55 jahre gelebt, aber es ist nichts dabei rausgekommen.

du hast dieses kleine restaurant. du kannst gut kochen. das ist ein neuanfang.

die behörde hat mir nicht einmal eine stromleitung genehmigt. das ist kein restaurant, sagen sie, das ist ein campingwagen. und es stimmt ja auch. alles, was ich habe, ist dieser lächerliche campingwagen. aber sie können mich nicht vertreiben, das grundstück gehört meinem cousin.

du könntest ein restaurant bauen.

womit denn? was ich in der schweiz verdient habe, hat mirjana bekommen, damit sie studieren kann. und das bisschen, das ich hier verdiene – sie verwies auf das häufchen geld, das immer noch am tisch lag –, das reicht gerade zum leben.

plötzlich lachte sie laut heraus und fügte hinzu: und für ein neues höschen.

für ein höschen, fragte igor. du meinst für einen slip?

ja, sagte janica. ich habe mir einen wunderschönen slip gekauft.

ich erhob mich, weil ich das dringende bedürfnis hatte, hinter einen felsen zu gehen. mittlerweile war es aber so dunkel, dass es reichte, mich ein stück von den fackeln zu entfernen. als ich mein wasser abschlug und dabei über die schulter zurückblickte, sah ich, wie janica aufstand und ihr schwarzes kleid anhob. igor griff ihr zwischen die beine. janica zuckte mit dem unterkörper zurück und ließ

das kleid fallen. sie begannen beide zu lachen. igor stand auf und schlang seine hände um sie. dann küssten sie sich. ich war inzwischen mit meinem geschäft fertig und wusste nicht, was ich jetzt machen sollte. für einen spaziergang war es zu dunkel. es gab weit und breit keine beleuchtung, nur die drei fackeln, die mondsichel und ein paar sterne. langsam konnte ich die konturen der steine erkennen. weit draußen in der bucht waren die lichter eines ortes zu sehen. vielleicht war es aber auch ein großes schiff, das dort vor anker lag. so stand ich eine weile nur da und sah igor und janica beim küssen zu. ihre bewegungen wurden heftiger, sie verloren das gleichgewicht, stolperten über irgendetwas und fielen hin. igor lachte laut heraus, janica sagte: oh gott, ich bin so betrunken. sie war schnell wieder auf den beinen und setzte sich in den stuhl. auch igor rappelte sich hoch und nahm wieder platz. sie zog eine zigarette aus dem päckchen, er reichte ihr feuer. dann legte er wieder den arm um ihre schulter. als ich zurückkam, fand ich sie in genau derselben haltung vor, wie ich sie verlassen hatte.

ich sagte zu igor, wenn du mir das auto leihst, hole ich dich morgen vormittag hier ab.

das ist eine ausgezeichnete idee, sagte er. ich war mir nicht sicher, ob janica auch davon begeistert war. sie sagte jedenfalls nichts dagegen, und so bat ich sie um eine taschenlampe, damit ich das auto überhaupt finden konnte. igor beschrieb mir den weg zum auftritt von mirjana. die bar befinde sich in einer alten festung der österreichischen kriegsmarine, die nicht zu übersehen sei. sag ihr, fügte er hinzu, der böse onkel igor lässt sich entschuldigen.

nein, widersprach janica. sag ihr, er war so betrunken, dass du ihn heimbringen musstest.

zuerst fand ich die bar nicht. ich fuhr dreimal an dem aus mächtigen steinen errichteten gebäude, das igors beschreibung durchaus entsprach, vorbei, sah aber nur ein restaurant, das in großer leuchtschrift zu grillspezialitäten einlud. da es auf dieser straße weit und breit kein vergleichbares haus gab, blieb ich schließlich vor dem restaurant stehen, um mich bei einem kellner zu erkundigen. kaum hatte ich das auto abgesperrt, sah ich das an der mauer angebrachte schild, das ein flüchtiger blick für ein verkehrszeichen hätte halten können. es stand zwar das wort bar darauf, aber es stand in demselben weißen pfeil auf blauem hintergrund, der ansonsten einbahnstraßen ausweist. der pfeil zeigte zur rechten seite des gebäudes, wo eine enge gasse begann, in der ausgelassener lärm zu hören war, aber keine musik. in die mauer waren schmale, schießschartenähnliche fenster eingelassen, die jedoch zu hoch oben waren, um durchsehen zu können. neben einem rundbogen standen seite an seite mehrere mopeds, eines war an die wand gelehnt, ich hielt es für das von mirjana. hinter dem rundbogen tat sich ein kleiner hof auf, in dem, auf etwa zehn tischgruppen verteilt, die gäste saßen. in der ecke links vom eingang, auf einem steinernen podest, das früher einmal als sockel für eine kanone gedient haben mochte, standen, von einem scheinwerfer beleuchtet, musikinstrumente und eine lautsprecheranlage. auf den beiden stufen, die zu dem steinsockel hinaufführten, saßen jugendliche, rauchten und tranken bier.

andere standen oder saßen an der mauer entlang. von den musikern, die offenbar gerade eine pause machten, war nichts zu sehen.

ich ging zur bühne, an deren rand zwei stapel mit cds der birds of the balkans lagen, und betrachtete eine weile die glasmarimba. oben sah sie aus wie ein xylophon mit einer klaviatur aus zwei reihen von plättchen. darunter hingen, ihrer größe nach wie orgelpfeifen angeordnet, die glasbehälter. die hohen töne wurden von kleinen schalen erzeugt, die mittleren töne von röhrenartigen behältern und die tiefen töne von großen flaschen. auf einem runden beistelltischchen, das ansonsten wohl als stellage für einen blumentopf diente, lag eine reihe von schlegeln in unterschiedlichen größen, einige von ihnen hatten filzbällchen an ihren enden. an einem der über den rand des tischchens hinausragenden stöcke hing mirjanas roter haargummi.

unter all den lachenden und in lebhafte gespräche verstrickten menschen, die um die tische saßen oder in gruppen zusammenstanden, konnte ich mirjana nicht entdecken, aber ich war bislang ja auch nur im hof gewesen. die eigentliche bar lag hinter einer offenen tür, die ich nicht gleich gesehen hatte, weil sie durch den ast eines alten, knorrigen baumes verdeckt war.

in der bar ging es noch lebhafter zu als draußen im hof. um die theke herum standen dicht an dicht die jugendlichen, die den beiden barkeepern ihre bestellungen zuriefen. ich stellte mich hinten an, aber das war ein fehler, denn alle, die hinter mir kamen, waren kurz danach vor mir zu sehen. man musste sich irgendwie durchzwängen und einen der barkeeper auf sich aufmerksam machen. da

ich noch nicht wusste, was ich bestellen wollte, schaute ich mich zunächst einmal im raum um, aber ich konnte auch hier mirjana nirgendwo entdecken. bis ich vom barkeeper angesprochen wurde, weil diejenigen, die direkt an der bar standen, schon versorgt waren. ich bestellte einen espresso. in dem moment, in dem ich das geld über die schultern der anderen hinweg zur theke reichte, begann draußen die marimba zu spielen. es war eine schnelle, hohe tonfolge, wobei die töne jeweils zweimal hintereinander angeschlagen wurden. bald kamen tiefere töne hinzu, die gitarre setzte ein und schließlich auch noch der bass. für meine ohren klang die musik in ihrem schnellen, mitreißenden rhythmus nicht nach balkan, sondern nach karibik. ich balancierte meinen espresso über die köpfe hinweg zum ausgang und blieb dort unter dem baum stehen. mirjana trug nun ein weißes kleid, das um den tiefen ausschnitt herum bunt bestickt war. ihre langen schwarzen haare hingen offen herab, die mindestens ebenso langen haare des mexikanischen gitarristen hingegen waren mit ihrem roten haargummi zu einem schweif zusammengebunden, den er zwischendurch mit heftigen kopfbewegungen durch die luft fliegen ließ. der mexikaner war kleiner als mirjana. er versuchte den unterschied mit hohen schuhabsätzen ein wenig auszugleichen, während mirjana immer noch ihre flachen ledersandalen trug.

die glasmarimba war der mittelpunkt der musik, um sie herum war alles arrangiert, aber für die bühnenshow war der mexikaner zuständig. manchmal kam er mit seiner in brusthöhe gehaltenen gitarre ganz nahe an mirjana heran, sie lachten sich an und verfielen mit ihren körpern in ge-

meinsame rhythmische bewegungen, während unter mirjanas händen die stöcke mit einer geschwindigkeit über die schlagplättchen flogen, dass sie nur noch als in die luft gezeichnete streifen wahrnehmbar waren. der bassist, ein ernst dreinblickender junger mann mit schnauzbart, blieb im hintergrund. nur wenn das publikum heftig applaudierte und begeisterungsschreie ausstieß, war ein leichtes lächeln um seinen mund. die birds of the balkans hielten nicht inne, um den applaus entgegenzunehmen, sondern gingen gleich zum nächsten lied über.

mit der espressotasse in der hand stand ich unter dem baum und dachte an janica und igor, die vielleicht schon im campingwagen lagen und im schein einer petroleumfunsel ihre körper abtasteten. ich stellte mir vor, wie igor ihr komplimente macht und wie janica seine zärtlichkeit dankbar annimmt, wie er mit der zunge ihren körper berührt und mit all seiner erfahrung ihre brustwarzen und ihre klitoris erregt, wie er dann in sie eindringt und janica plötzlich zu weinen beginnt.

mirjanas brüste tanzten im ausschnitt ihres kleides, der mexikaner stand nun rechts von ihr, körper an körper kreisten ihre becken zu einer melodie, die nun doch deutlich nach balkan klang, während der rhythmus immer noch karibisch war. ich wurde den gedanken an janica und igor nicht los. auch wenn ich mich auf die musik konzentrierte, auf mirjana und die leichtigkeit, mit der sie die stöcke schwang, hatte ich das bild ihrer mutter vor mir. ich sah igor heftiger zustoßen, ich sah janicas tränen und hörte ihre schreie und gleichzeitig die musik ihrer tochter, die es nicht mehr aushielt, dass ihre mutter vom toten vater nicht

ablassen konnte. als ich von meinem mokka trank, spürte ich mit der oberlippe, dass irgendetwas in die tasse hineingefallen war, ein holzstück vielleicht, oder ein käfer. in der dunkelheit unter dem baum konnte ich es nicht erkennen. ich stellte die tasse auf den boden und ging langsam zwischen den tischgruppen hindurch zum ausgang. dort blieb ich noch eine weile stehen und hoffte insgeheim, dass mirjana zu mir herüberschauen würde, aber sie tat es nicht und hätte mich wegen des scheinwerfers, der aus dieser richtung auf sie strahlte, auch gar nicht erkennen können. sie spielten ein lied, das wie slawische volksmusik klang und dessen rhythmus immer schneller wurde. mirjana hatte in beiden händen jeweils zwei schlagstöcke, die wie zwei victory-zeichen über die glasmarimba flogen und immer noch schneller wurden, während der mexikaner den oberkörper herumwarf und seinen haarschweif durch die luft tanzen ließ. die leute um die bühne herum begannen im rhythmus zu klatschen, die anderen fielen mit ein. die bilder von janica und igor kehrten zurück, und da kam mit einem mal ein gefühl des ekels in mir hoch. ich konnte mirjana nicht länger anblicken, ohne an ihre fickende und weinende mutter zu denken, an igor, der sich von ihrem heulen nicht abhalten lässt, der immer fester zustößt, der nur umso tiefer in sie hineinbohrt, je mehr sie weint und schreit, hinein in janica, die bei jedem stoß aufheult, aber die sich nicht wehrt, in deren schreien und winseln zugleich eine unermessliche freude liegt, die igors lust nur umso mehr steigert, bis er in rage kommt und auf sie einhämmert, als könnte er damit die erinnerung an diesen verdammten krieg endgültig aus ihr herausficken.

ich ging hinaus und setzte mich auf mirjanas moped. die musik hatte ein atemberaubendes tempo erreicht, die klatschenden gäste konnten mit der geschwindigkeit, in der mirjana auf ihre glasmarimba schlug, nicht mehr mithalten. sie kamen aus dem rhythmus, sie gaben auf. die mondsichel stand mittlerweile hoch am firmament. auch ein paar sterne waren zu sehen. ich wartete auf eine sternschnuppe, einen kometen oder dergleichen. irgendwo da draußen in der dunkelheit weideten zlatkos haustiere, 1 zlatko und 17 egle und wie sie sonst noch alle heißen mochten. das musikstück galoppierte im tosenden applaus seinem ende entgegen. die birds of the balkans bremsten das tempo scharf ab und spielten in einem reggae-rhythmus weiter. ich nahm die lenkgabel in die hände und zog das gas hoch. am liebsten hätte ich das moped gestohlen. am liebsten wäre ich damit über die berge abgehauen.

katzenmusik

es ist das einzige haus ohne satellitenschüssel, hatte der musiker gesagt und dabei zu lachen begonnen. der letzte fernsehlose haushalt der welt. ein urgeschichtliches museum. ich sollte eintritt kassieren und ethnographische berichte vom leben ohne fernsehen schreiben. wenn mir etwas zustößt, geht ein zeitalter zu ende.

schreib darüber, hatte ich gesagt.

ich kann nicht schreiben, hatte er geantwortet. ich kann nicht einmal mehr singen.

und was war das, was ich mir nun zwei stunden angehört habe? du kannst sogar verdammt gut singen.

altes zeug, sagte er. keine satellitenschüssel, keine ahnung, was läuft. du könntest für mich schreiben.

ich? ich hab noch nie rocktexte geschrieben.

probier es. so ein ösi-blick auf das ossi-land, vielleicht ist das was.

der bus hielt in der ortsmitte, kurz nach einer kreuzung. auf dem kleinen platz vor der kirche wurde obst verkauft, aber das fiel mir erst auf, nachdem meine augen die fassa-

den und dächer abgesucht hatten. jedes haus hatte eine satellitenschüssel. ich stellte mich beim obststand hinter zwei frauen an. beide trugen gebleichte jeans. sie streckten die köpfe zu den verschiedenen obststeigen hin, blieben dabei aber hintereinander stehen, als wollten sie verhindern, dass in die schlange aus drei leuten unordnung kommt. der verkäufer hantierte an einem kassettenrecorder. er wechselte die batterien. die frau vor mir, es war die kleinere der beiden, schien ihre wahl getroffen zu haben. ihr kopf verharrte nun ruhig über der glänzend blauen windjacke.

entschuldigen sie, sagte ich, kennen sie zufällig einen musiker, der manfred heißt?

sie drehte sich um und wich einen schritt zurück. ich war mir nicht sicher, ob sie mich verstanden hatte. auch die zweite frau drehte sich um. von vorne gesehen hatte sie eine art stehfrisur, hinten fielen ihr die haare über die schultern herab. sie sah mich misstrauisch an.

einen musiker?

so wie sie fragte, schien es ganz unwahrscheinlich zu sein, dass in dieser stadt je ein musiker gesehen wurde.

da mischte sich der obstverkäufer ein. er trug eine schwarze seemannskappe mit einer kordel über dem schirm. wir haben zwei musiker, sagte er, der eine macht richtige musik, der andere katzenmusik. er lachte, aber die zwei frauen lachten nicht mit.

wahrscheinlich der mit der katzenmusik, sagte ich. er ist mitte dreißig, manfred heißt er. den familiennamen weiß ich leider nicht. er spielt bei der gruppe ostgespenster.

bei den krawallmachern? ja, den kennen wir. der wohnt da drüben in der liebknechtstraße.

während er das batteriefach des kassettenrecorders schloss, deutete der obstverkäufer mit dem kopf nach hinten. die kleine frau streckte ihren arm aus und zeigte zur kreuzung hinüber. ich wollte schon gehen, da sagte der obstverkäufer in einem betont vertrauensvollen ton: sie können sich den weg sparen, er wird sie nicht reinlassen.

warum soll er mich nicht reinlassen?

der obstverkäufer ging um die steigen mit äpfeln und orangen herum und kam auf mich zu, bis er direkt neben mir stand. seine nähe war mir unangenehm. ich wich ein wenig zurück. er fragte: kennen sie ihn überhaupt?

nur von einem konzert in leipzig.

ah, leipzig, sagte er und nickte dabei den beiden frauen zu. sie sind aber kein leipziger.

also in diese richtung, sagte ich und rückte ein weiteres stück von ihm ab. ich zeigte zu der querstrasse hinüber.

nach dem goldenen krug, auf der rechten seite, sagte nun die kleine frau. ich bedankte mich und ging weg.

er wird sie nicht reinlassen, rief mir der obstverkäufer nach. ich hörte ihn noch lachen, als ich die kreuzung überquerte. dann begann volksmusik zu spielen.

die liebknechtstraße hatte keinen bürgersteig. das zu einer hügellandschaft aufgeworfene kopfsteinpflaster war mit asphalt ausgebessert worden. mittlerweile waren aber tiefe schlaglöcher entstanden, denen die wenigen autos, die hier entlangfuhren, über die ganze breite der straße hinweg auswichen. ich schaute auf die mauern und giebel, musste aber gleichzeitig auf meine schritte achten. an einigen häusern gab es gleich mehrere satellitenschüsseln. sie waren

zwischen den fenstern und auf den brüchigen balkonen angebracht. world tv stand darauf. auf dem mast einer bogenlampe war ein alter, grauer schalltrichter montiert. ich drehte mich nach den bogenlampen um, an denen ich schon vorbeigegangen war. auch sie trugen lautsprecher. ob hier der bürgermeister noch ansprachen hielt? zuerst schrille blasmusik, dann eine megaphonstimme: nach zähem kampf ist es endlich gelungen, die stadt von der katzenmusik zu befreien. aber nun droht neue gefahr. ein fremder ist in die stadt gekommen.

über der tür eines frisch renovierten hauses hing ein mit goldener farbe bemalter krug. ich ging daran vorbei, kehrte dann aber um und betrat die gaststube. sie war dunkel, obwohl die lichter brannten. es roch nach frischem lack. der raum war durch eine holzkonstruktion in kojen unterteilt. auf den tischen standen gewürzgarnituren mit aufgesteckten speisekarten. ich konnte niemanden entdecken. das mobiliar sah zugleich alt und neu aus. neben der theke blinkte ein glücksspielautomat. auf einem regal, hoch über den zapfhähnen, waren zigarettenpäckchen aufgereiht.

ich sagte mit lauter stimme: guten tag. niemand schien mich zu hören. draußen näherte sich ein auto. es holperte über die schlaglöcher. ich ging zum spielautomaten und warf eine münze ein. die scheiben begannen sich zu drehen.

hier hat noch niemand gewonnen, sagte plötzlich eine stimme. in einer der kojen, hinter herabhängendem efeu, saß ein mann. er hatte eine zeitung vor sich liegen. ich sagte ein zweites mal: guten tag.

der mann hatte einen runden schädel mit kurz geschorenen grauen haaren. sie standen auch von den schläfen ab. er sah aus wie ein müder alter igel. am automaten waren die scheiben stehen geblieben. zwei pick, ein kreuz. ich drückte die starttaste.

irgendwer hat sicher schon gewonnen, sagte ich.

hier hat noch niemand gewonnen, wiederholte er. ich sage es allen, aber es nützt nichts.

kann man hier auch etwas zu trinken haben?

was soll es denn sein?

kaffee.

die kaffeemaschine mache ich jetzt nicht eigens an. ein bier können sie haben. und einen klaren, wenn sie wollen.

dann eben ein kleines bier.

im automaten klickte es. zwei karo, ein kleeblatt. ich drückte die starttaste und hielt gleich darauf die mittlere scheibe mit der stoptaste an. sie blieb auf herz stehen. der wirt hatte sich erhoben. klein und stämmig stand er nun vor seinem tisch, blickte auf die zeitung hinunter, blätterte um und überflog die neue seite. dann kam er mit aller ruhe auf mich zu. beim glücksspielautomaten blieb er stehen und wartete das ergebnis ab.

er nahm ein bierglas, hielt es schräg unter den zapfhahn und drehte es dabei.

von drüben? fragte er, ohne mich anzusehen.

leipzig, sagte ich.

er unterbrach das zapfen, hielt das glas einen moment ruhig, dann begann er es erneut zu drehen und drückte wieder den hahn.

auf durchreise?

besuch.

er stellte das glas ab und beobachtete das absinken des schaums. ich schaute mich um.

alles neu hier, sagte ich.

die tochter, antwortete er.

die fensterscheiben waren mit bunten plüschvorhängen abgedunkelt. die tochter, dachte ich und hatte plötzlich eine klare vorstellung von ihrem nachthemd. der wirt begann unter dem tresen gläser umzusortieren, dann hielt er mein bier noch einmal unter den zapfhahn. mit seinen plumpen fingern griff er zum stapel der tropfmanschetten. er erwischte gleich mehrere und steckte sie auf den stil des bierglases.

kennen sie manfred, den musiker?

der kommt heut nicht, sagte er und wandte sich wieder dem umsortieren zu.

ich gehe zu ihm. ist es noch weit?

gleich da vorne. aber er wird nicht aufmachen.

mir wird er aufmachen, sagte ich.

auch musiker?

nein, aber er hat mich eingeladen.

na, dann viel glück.

er war mit dem umsortieren der gläser fertig und ließ noch ein letztes mal bier nachlaufen. er stellte das glas vor mich hin, dann ging er wieder zurück zu seiner zeitung. mir fiel nicht ein, wann ich zuletzt um zehn uhr vormittags bier getrunken hatte. es schmeckte bitter. ich wollte es stehen lassen und trank es dann doch hastig aus.

was schulde ich ihnen?, fragte ich.

mir schulden sie gar nichts. meiner tochter drei mark.

ich kramte in meiner börse, zählte das kleingeld zusammen. es reichte nicht. ich musste mit einem schein bezahlen. den ellenbogen auf die theke gestützt hielt ich den geldschein eine weile in die höhe, so dass der wirt, sollte er wieder herüberschauen, ihn sofort sehen musste. aber er schaute nicht herüber. er saß über die zeitung gebeugt hinter den efeuranken und schien mich vergessen zu haben. und als er dann doch herüberschaute, mit einem kurzen, misstrauischen blick, war es, als würde er sich darüber wundern, dass ich die ganze zeit über einen geldschein in der hand hielt. ich schob das leere bierglas hin und her. die rillen des thekenholzes waren zwar zu sehen, aber nicht zu spüren.

bei dem konzert in leipzig hatte ich angst gehabt, die durch das alte ballhaus wummernden bässe könnten den stuck von der decke lösen. der saal war nicht einmal halb voll gewesen. ich hatte mich unter der empore an eine der säulen gelehnt, von denen der anstrich blätterte. später, als ich auf die eingangsterrasse hinausging, flogen funken über die straße und es blitzten grelle lichter auf. die nacht prasselte und kreischte. bauarbeiter mit signalstreifen auf den rücken machten sich an den straßenbahnschienen zu schaffen. ihre schatten flackerten über die hausmauern. auf den stufen, die zur straße hinabführten, saß einer mit gelb gefärbten, struppigen haaren. es war der sänger der ostgespenster. er saß ganz allein da und kramte in einem stoffbeutel herum. ich sagte, dass mir das konzert gefallen habe. er blickte kurz zu mir auf, nickte und wandte sich wieder der straße zu. er hörte

auf, im beutel zu kramen. die schweißarbeiter sandten blitze herüber. ich wollte das begonnene gespräch nicht gleich wieder aufgeben, und so holte ich zwei bier. als ich zurückkehrte, merkte ich, dass er mein bier nicht brauchte, er zog an einem joint. er nahm mir dennoch eine bierflasche ab und trank sie zur hälfte leer. er sagte: früher hat die polizei hier krawall gemacht, jetzt sind es die bauarbeiter.

die polizei?

88. friedensdemo. hier bin ich das erste mal verhaftet worden.

warst du lange drin?

damals nur eine nacht im polizeigefängnis. das nächste mal waren es schon zwei monate knast. hätten sie mich noch einmal eingebuchtet, hättet ihr mich freikaufen müssen.

offenbar hielt er mich für einen westdeutschen. ich erinnerte mich, dass ich in ostberlin einmal auf offener straße von einem jungen musiker mit langen haaren angesprochen worden war. er hatte wissen wollen, ob ich öfter in den osten komme, und mich dann gebeten, das nächste mal schallplatten mitzubringen. er hatte den namen einer band genannt, die ich nicht kannte. dann schrieb er mir seine adresse auf einen zettel. ich warf ihn ein paar straßen weiter in den mülleimer. bei der einreise hatten sie mir an der grenze bücher abgenommen. ich wollte nicht noch mehr scherereien haben. es war äußerst unwahrscheinlich, dass ich ausgerechnet diesen musiker wiedertreffe, und doch wollte ich wissen, ob er einmal in ostberlin gelebt und lange haare gehabt hatte, wagte es dann aber nicht, die

frage zu stellen. stattdessen sagte ich: war ein tolles konzert. man hat das gefühl, ihr selbst seid die musik. halt noch echte rockmusik.

er blickte mich an und grinste: echte rockmusik. ich werd dir was sagen. du siehst ein phantom vor dir.

phantom? fragte ich.

ein gespenst. einen poltergeist der ddr. im grunde ist das alles vorbei. die leute, für die wir damals die lieder gemacht haben, sind fort oder durchgeknallt. ich bin übrig geblieben.

die anderen aber auch, sagte ich.

wer, die anderen?

der schlagzeuger und die zwei gitarristen.

possenreisser, sagte er. es war unser letztes konzert, das schwör ich dir. gerade einmal der halbe saal voll. früher sind die leute bis hier auf die straße heraus gestanden. ich mag nicht mehr. wir haben immer gesagt, hinter der mauer liegt das meer. und irgendwann werden wir es befahren können. jetzt ist die mauer weg, aber das meer ist zurückgewichen.

und dann reichte er mir seinen joint. ich nahm ein paar züge und gab ihn zurück. wir schauten den über die straße spritzenden funken zu. ein mann schlug mit einem schweren hammer auf die schienen ein. zwischendurch vermaß er den abstand der geleise, dann ließ er es wieder dröhnen.

später, als ich schon seinen namen kannte, erzählte mir manfred von seinem einsamen kampf gegen das fernsehen. nach der wende war er in der nacht durch den ort gezogen, um die satellitenschüsseln herunterzureißen.

sollen sie mich einsperren, sagte er. derzeit soll es ja ganz gemütlich zugehen da drinnen.

obwohl ich nun schon eine ganze weile den geldschein in der hand hielt, schien den wirt das nicht zu beeindrucken. er blickte ein paar mal zu mir her, blieb aber bei seiner zeitung sitzen. am abstelltisch neben der kasse waren ketchupflaschen aufgereiht, davor senftöpfe, aschenbecher. ganz vorne, auf einem tablett, das in gelbe servietten gewickelte besteck.

das ist dumm, sagte ich. ich habe jetzt leider nur einen schein.

meine tochter nimmt auch scheine.

ich ging zu ihm hinüber, stand eine weile neben der holzabtrennung. der vom querbalken herabhängende efeu war aus plastik. der wirt las den sportteil. da ihn das mehr interessierte als die finanzen der tochter, legte ich den geldschein direkt vor seine augen, auf das farbfoto eines boxkampfs.

wenn sie es so eilig haben, sagte er. langsam erhob er sich und ging mit meinem geldschein zur kasse. er drückte auf knöpfe, schüttelte den kopf, drückte erneut auf knöpfe. die kasse sprang auf. er nahm münzen heraus und hielt mir die hand hin. die münzen waren nicht zu sehen. sie waren hinter den wulstigen fingern versteckt. er ließ sie mir auf die hand fallen.

auf wiedersehen, sagte ich. der wirt brummte nur, aber dann, als ich schon die türklinke in der hand hielt, fügte er hinzu: der macht nicht auf.

und warum nicht?

der wirt hob die schultern. dann verschwand er hinter dem efeu.

auf der liebknechtstraße kamen mir zwei mädchen mit nasenringen entgegen. auch die kleidung der beiden war gleich, kurze jeansröcke, darunter schwarze, grobmaschige netzstrümpfe und plateauschuhe. sie schenkten mir keine beachtung. die reihe zweistöckiger häuser ging zu ende, es folgten garagen und ein paar kleinere häuser. dahinter, am ortsende, standen noch plattenbauten. vor einem geschäft mit der verwitterten aufschrift getränkestützpunkt wurden von einem lastwagen bierkästen abgeladen. der mann, der die kästen entgegennahm, blieb stehen und schaute mich an, als ich vorbeiging. nach einer weile drehte ich mich um. er stand noch immer mit seinem kasten da und beobachtete mich. der andere schaute hinter der plane des lastwagens hervor. ich hatte das gefühl, dass sie über mich sprachen.

eines der kleinen häuser hatte keine satellitenschüssel. es war wohl vor langer zeit einmal verputzt, aber nie bemalt worden. an manchen stellen waren die mauerziegel freigelegt. die fenster sahen neu aus. zwischen rahmen und mauerwerk quoll eine gelbe trockenschaummasse hervor.

an der tür gab es keine klingel. ich klopfte mehrmals, aber es meldete sich niemand. dann legte ich das ohr an das schlüsselloch. es war kein geräusch zu vernehmen. der obstverkäufer und der wirt sollten recht behalten. manfred öffnete nicht. die männer, die das bier abgeladen hatten, standen nun neben dem lastwagen. immer noch beobach-

teten sie mich. ich formte die hände zu einem schalltrichter und trat nahe an die tür.

manfred, bist du da? rief ich. wir haben uns in leipzig getroffen. ich bringe dir die versprochenen texte.

da sich nichts rührte, ging ich zum fenster und schaute hinein. ich sah eine alte einbauküche, die schranktüren standen offen. auf der anrichte war ein durcheinander von töpfen, dosen, tellern. auf dem fußboden lagen scherben. ich ging zu einem anderen fenster. dahinter lag ein größerer raum. um besser sehen zu können, schirmte ich mit den händen die augen ab. auch hier ein völliges durcheinander. möbel, papiere, bücher, wäsche. die bespannung der lautsprecherboxen war heruntergerissen, das sofa aufgeschlitzt. ein che guevara-plakat war halb von der wand gefetzt. auf dem boden schreibsachen, musiknoten und ein geöffneter koffer. ein zerrissener schlafsack, zwei zerfledderte matratzen. der lattenrost des bettes war seitlich an die wand gelehnt.

es musste noch weitere räume geben mit den fenstern nach hinten hinaus. aber man konnte um das haus nicht herumgehen. an beiden seiten waren, bis zu den nachbarhäusern hin, garagen angebaut. ich ging noch einmal zur tür und drückte daran. sie gab nach. einen moment zögerte ich und sagte: hallo, ist da jemand? keine antwort, nur modergestank. da überlegte ich nicht mehr lange, sondern ging einfach hinein.

im vorzimmer stand eine dusche mit heruntergerissenem plastikvorhang, daneben eine offene toilette. in der klomuschel steckte etwas, das aussah wie das herausgebrochene laufwerk eines plattenspielers. auf dem boden lag ein

demolierter handstaubsauger. das gewölle auf dem duschvorhang war wohl der inhalt des staubbeutels gewesen. daneben lagen reste einer zertrümmerten gitarre und zerbrochene schallplatten. die tür in die küche und die tür in das zimmer standen offen. weitere räume gab es nicht. zur gartenseite hinaus hatte das haus weder türen noch fenster. ich stieg über die herumliegenden trümmer. wenn hier jemand alles zerstören wollte, was sich zerstören ließ, dann hatte er sein ziel erreicht. selbst die steckdosen und lichtschalter waren aus der wand gerissen. das einzige stück, das unversehrt aussah, war die auf dem wohnzimmertisch liegende elektrogitarre. so als wäre sie erst nachträglich hier abgelegt worden. ich hob sie auf und strich über die saiten. sie waren gestimmt.

ich hatte die gitarre gerade zurückgelegt und stand noch mitten in diesem verwüsteten raum, da begann leise musik zu spielen. pam pam pam. es war mir rätselhaft, woher plötzlich diese musik kam. ich kannte das lied. child in time, eine alte nummer von deep purple. als die musik lauter wurde und dann auch noch der gesang einsetzte, merkte ich, dass sie durch die wand kam. das haus war offenbar in der mitte abgemauert. vielleicht hatte ich manfred im falschen teil des hauses gesucht. ich ging ins vorzimmer zurück, in das durch die halb offene tür licht hereinfiel. da hörte ich von draußen einen lauten pfiff. ich ahnte sofort, der pfiff galt mir. was hatte ich auch hier verloren? ich war in ein fremdes haus eingedrungen, von dem ich nicht einmal wusste, wem es gehörte oder wer hier zuletzt gewohnt hatte. mit angehaltenem atem stand ich da und kam mir vor wie ein auf frischer tat ertappter einbre-

cher. sollte ich hinausgehen? aber vielleicht hatte der pfiff ja gar nicht mir gegolten. und so schlich ich zur wohnzimmertür und dann langsam, schritt für schritt, in den raum hinein, bis ich durch das fenster auf die straße hinaussehen konnte.

dort standen zwei männer. den einen erkannte ich. die hände in den hosentaschen. es war der mann, der den bierkasten getragen hatte. der andere stand da wie in einem wildwestfilm, breitbeinig und mit abstehenden armen, als wartete er auf den richtigen moment, um den colt zu ziehen. er trug eine braune lederjacke. sein blick ging von der tür zu den einzelnen fenstern, dann wieder zur tür. langsam hob er den rechten arm, steckte daumen und zeigefinger in den mund und ließ erneut einen grellen pfiff los. dabei zwinkerte er dem bierkastenmann zu.

ich überlegte, wie sich jemand in meiner situation in einem wildwestfilm verhalten würde. es war zweifellos besser auf die straße hinauszugehen, als zu warten, bis die beiden ins haus kamen. draußen bestand die chance davonzulaufen, draußen gab es passanten, wertvolle zeugen für das, was hier noch kommen konnte. ich ging zur eingangstür, aus der, wie ich jetzt erst sah, das schloss herausgebrochen war. langsam zog ich die tür auf und gab mich ahnungslos.

sollten die pfiffe mir gelten?

was machst du hier? fragte der cowboy. seine jacke war aus kunstleder.

ich suche manfred.

zufrieden? fragte der bierkastenmann.

was heißt zufrieden?

ob du zufrieden bist!

ich weiß nicht, was sie meinen.

ausweis! sagte der kunstlederjackenmann.

sind sie von der polizei, oder was?

pass bloß auf, du drecksau. wir können auch anders. zeig deinen verdammten ausweis!

der bierkastenmann nahm schon einmal vorsorglich die hände aus der tasche.

ich habe keinen ausweis, sagte ich.

dann die geldbörse, sagte der bierkastenmann.

sonst noch was.

der kunstlederjackenmann war der ungeduldigere von beiden. er schrie mich an: deine geldbörse, du verdammtes dealerschwein.

jetzt war mir wenigstens klar, worum es den beiden ging. ich sagte: sie müssen mich verwechseln. ich habe für manfred texte geschrieben und wollte diese nun vorbeibringen.

der kunstlederjackenmann war damit nicht zu beeindrucken. er sagte, so nich, freundchen, und damit war der wildwestfilm bei seinem höhepunkt angelangt, bei der unausweichlichen konfrontation.

ich hielt es für das klügste, der forderung nach meiner geldbörse nachzukommen. doch als ich danach greifen wollte, sagte der kunstlederjackenmann: halt. ich mach das.

natürlich. auch das wie im film. er dachte tatsächlich, ich sei bewaffnet. während er aus meiner rechten sakkotasche die geldbörse herausfingerte, hatte ich seine wässrigen augen vor mir. er griff mir in die andere sakkotasche und zog das feuerzeug und die zigaretten heraus. das feuerzeug

ließ er gleich fallen, in das zigarettenpäckchen schaute er hinein, bevor er es wegwarf. in meiner brusttasche fand er den fahrschein und zwei streifen kaugummi. dabei merkte er, dass etwas in meiner innentasche steckte. er zog den umschlag heraus und wich ein stück zurück.

und was ist das?

die liedtexte, sagte ich.

er riss sie aus dem umschlag, warf einen blick darauf und ließ sie fallen. er suchte noch anderes im umschlag, fand aber nichts und ließ ihn ebenfalls fallen. dann begann er die geldbörse zu durchsuchen. er pflückte die kreditkarten heraus, verglich die namen und warf sie auf die straße. von der seite der plattenbauten hörte ich schritte kommen. es waren zwei frauen. sie wechselten die straßenseite und blieben stehen.

warum hast du so viel knete bei dir, fragte der kunstlederjackenmann.

ich habe immer so viel geld bei mir.

was willst du mit der verdammten knete?

hören sie, sagte ich, jetzt haben sie alles gesehen und jetzt ist es genug.

woher kommst du?

leipzig.

willst du mich verarschen, oder was.

nun meldete sich der bierkastenmann zu wort. er war nach dem eintreffen der zuschauer sanfter geworden.

hast du gesehen, was hier mit dealern passiert?

ich antwortete nicht. der kunstlederjackenmann schien sich seines publikums sicher zu sein. er schrie mich an: ob du gesehen hast, was hier mit dealern passiert.

ich will mein geld zurück und gehen.

der kunstlederjackenmann begann sich wieder mit meiner geldbörse zu beschäftigen. er entdeckte das fach mit den ausweiskarten des leipziger gewandhauses und der universitätsbibliothek. das irritierte ihn.

wo ist manfred, fragte ich.

dem gefällt's hier nicht mehr.

geben sie mir mein geld zurück, sagte ich.

doch der kunstlederjackenmann steckte meine geldbörse in seine eigene tasche. ich war schon geneigt, mich mit diesem ergebnis abzufinden. ein raub, aber die situation wäre damit überstanden. doch im nächsten moment sprang er auf mich zu und packte mich mit festem griff am oberarm. er sagte: jetzt gibt's rambazamba.

er begann an mir zu zerren. ich wehrte mich und wollte mich nach einer kreditkarte bücken, die vor meinen füßen lag, aber er ließ es nicht zu. ich schaute ihm in seine wässrigen augen. wenn ihr mich hier ausrauben wollt, wird das folgen haben. es gibt zeugen.

die beiden frauen standen noch immer auf der anderen straßenseite. als ich sie ins spiel brachte, gingen sie weg. der kunstlederjackenmann ließ mich nun doch die kreditkarten aufheben, dann zog er mich die straße entlang in die richtung des getränkestützpunkts. der bierkastenmann eilte voraus und öffnete die lastwagentür. ich stieg die zwei stufen in die kabine hinauf. der bierkastenmann folgte mir und schlug die tür zu. auf der fahrerseite stieg der kunstlederjackenmann ein.

wohin bringt ihr mich?, fragte ich und bekam keine antwort.

was wollt ihr von mir?

rambazamba, sagte nun der bierkastenmann. sie warfen einander blicke zu. der kunstlederjackenmann startete und fuhr los. beim goldenen krug sah ich zu den fenstern hinüber. aber da waren nur die bunten vorhänge zu sehen. an der kreuzung am kirchplatz bog der fahrer links ab. vor dem schlecker-markt, vor einer neuen tschibo-filiale und dann, am ortsende noch einmal vor einem baumarkt mit eröffnungsangeboten, standen menschen, einige schauten sogar her, aber ich konnte mich nicht bemerkbar machen. wir fuhren über die landstraße, vorbei an gelb leuchtenden rapsfeldern. die beiden männer warfen einander erneut blicke zu, aber sie sagten nichts. der wagen wurde langsamer. wir näherten uns einer platanenallee. das auto bog ab. der weg war nicht asphaltiert. aus dem laderaum war das klappern der bierkästen zu hören. die allee mündete in einen betonierten platz, auf dem eine fabrikhalle stand. aus dem dach ragten verrostete kräne heraus. die fenster waren eingeschlagen. die backsteinmauer war mit graffiti besprüht. auf der anderen seite des platzes lagen, wie ein haufen ausgetrockneter insekten, die überreste von lastwagen und maschinen. als wir an diesen platz kamen, überkam mich panik. plötzlich traute ich ihnen alles zu.

was macht ihr mit mir, schrie ich. was habt ihr vor?

sie sagten nichts.

ich habe manfred bei einem konzert kennen gelernt. ich weiß nichts über ihn. ich wollte ihm texte bringen, das ist alles.

der lastwagen hielt an. der bierkastenmann warf die tür auf und sprang hinab.

raus da, sagte der kunstlederjackenmann. ich hielt mich an einer ablage unter der konsole fest. der kunstlederjackenmann wollte mich aus dem wagen drücken. ich stemmte mich mit dem fuß gegen die türangel. er ließ scheinbar ab, warf sich dann aber mit einem solchen schwung gegen mich, dass ich aus dem wagen flog. ich schlug mit schulter und kopf auf den boden. ich spürte nichts. ich lag da und hatte nur einen gedanken: jetzt musst du dich wehren. aber ich bewegte mich nicht. ich dachte es nur. es war wie eine beschwörungsformel, die ich in einem fort wiederholte, während ich ausgestreckt auf dem beton lag. ich roch das öl und dachte, jetzt musst du dich wehren. jetzt musst du dich wehren. die beiden männer sagten etwas, vielleicht sprachen sie auch mit mir. aber ich verstand sie nicht. meine welt war beschränkt auf den ölfleck und die worte jetzt musst du dich wehren. dann hörte ich das lastauto wegfahren. ich stützte mich auf den ellenbogen. das auto fuhr den alleeweg zurück. etwas wurde aus dem fenster geworfen. ich versuchte mir die stelle zu merken und ließ den kopf wieder zu boden sinken.

später, als ich zur straße zurückging, sah ich, dass es meine geldbörse war, die sie aus dem fenster geworfen hatten. das geld war noch drinnen. sie hatten nichts genommen. ich ging langsam, schritt für schritt. am kopf wuchs mir eine beule, mein sakko war verdreckt. ich ließ die rechte schulter kreisen, sie schmerzte. wenn ich still hielt, waren die schmerzen kaum zu spüren. und so blieb ich immer wieder stehen. das rapsfeld leuchtete so wunderbar gelb. ich wollte mich hinsetzen und weinen. boys don't

cry, kam mir in den sinn und ich begann es zu singen. 'cause boys don't cry, boys don't cry, sang ich. immer nur den refrain, und ich versuchte dabei zu lachen. das half. the cure kurieren mich, dachte ich. nein, es ist nichts geschehen. man hat mir nichts gestohlen, man hat mir nichts angetan. ich wurde verwechselt, das ist alles.

an der straße versuchte ich autos zu stoppen. sie wichen auf die andere straßenseite aus. nachdem ich eine weile gegangen war, kam der bus. ich versuchte auch ihn anzuhalten, und er bremste tatsächlich ab. der busfahrer fuhr langsam an mir vorbei, dann blieb er stehen. es war derselbe, mit dem ich am morgen gekommen war. er öffnete die tür und sagte: normalerweise halte ich nicht auf offener straße. ich stieg ein und bedankte mich. zurück nach leipzig? fragte er. während er schon losfuhr, löste er mit der rechten hand eine fahrkarte und drückte aus einem blechkasten das wechselgeld herab. zwischendurch zog er die hand zurück, um zu schalten. normalerweise, sagte er, dürfen wir gar nicht auf offener straße halten. ich bedankte mich noch einmal. es waren nur wenige fahrgäste im bus. eine davon war die frau, die vor mir beim obst angestanden hatte. auf ihrem schoss saß ein kleines kind. als ich zu ihr hinschaute, schaute sie weg. ich setzte mich auf den einzelsitz hinter dem fahrer und lehnte den kopf gegen die fensterscheibe. aber das vibrierte zu stark, ich musste aufrecht sitzen.

die schlacht um wien

tribute to josé emilio pacheco

kein himmel will sich erbarmen mit dem deutschen reich. sie sind fünfundzwanzig jahre alt, herr feldwebel. bei einbruch der nacht liegen die brücken im donaukanal, und die russischen panzer schweigen. sie öffnen den geburtstagssekt und winken den jungen herbei, der noch immer in stellung liegt. er trägt keine uniform, und er hat keine feldflasche. seine wolljacke ist mit einer schnur zusammengebunden. sie haben ihn am vormittag in einem keller aufgestöbert. unter einer pritsche lag er versteckt. bis er hervorkam, musste ein soldat mehrmals mit dem karabiner nachstochern. eine frau rutschte auf knien daher und klammerte sich an ihn. lassen sie ihn mir, hat sie gefleht, er ist noch zu jung.

für den führer ist niemand zu jung, hat einer geantwortet. war es der gefreite prinz? sie, herr feldwebel, haben haltung geschrien, einfach das wort haltung. da ließ sie von dem buben ab.

gute arbeit, herr schütze! er legt die panzerfaust nieder, schlägt die hacken zusammen. vielleicht ist er sechzehn jahre alt, vielleicht siebzehn. an der oberlippe hat er ein wenig flaum. sie reichen ihm einen becher. gute arbeit, herr schütze! er sagt nichts, steht da, wie angewurzelt. vielleicht ist er wirklich noch zu jung für das handwerk, denken sie. der braucht noch einen vater, der ihm den finger an den abzug drückt.

morgen holen wir uns den heldenplatz zurück, morgen werden wir der perle eine neue fassung geben, morgen schickt der führer nachschub – aber heute feiern wir geburtstag.

der junge trinkt nicht.

es ist mein geburtstag, herr schütze, ihr feldwebel hat geburtstag. verstanden?

der junge lässt plötzlich den becher fallen, läuft auf die schanze zu und springt drüber. sie, herr feldwebel, nehmen seine panzerfaust, drücken sie an die schulter. der wangenschutz hat noch die wärme des jungen, den sie im zielfernrohr auf den donaukanal zulaufen sehen. im moment des rückstoßes können sie durch seinen körper blicken, dann setzt russisches gewehrfeuer ein, und sie müssen in deckung gehen. sie fühlen sich elend. dieser idiot, denken sie. was hat der denn geglaubt? dieser blöde idiot.

wenig später ein funkspruch aus dem stabsquartier im zweiten bezirk. der leutnant verlangt einen lagebericht. sie, herr feldwebel, finden in diesem augenblick die sprache des weltgeschehens. sie sind übervoll von einem neuen gefühl, das mit dem ekel, den sie eben noch empfunden haben, nichts mehr zu tun hat. sie hören, wie die zeit ihrem

stolzen soldatenmund große worte anvertraut. ein teil der wiener, sagen sie ins feldtelefon, hat seine haltung verloren.

vier tage später sind sie froh, eine bäuerin zu finden, die ihre uniform verbrennt und ihnen das stallgewand eines bauern schenkt. ihr mann gilt seit zwei jahren als vermisst, ihr ältester sohn ist noch vor einigen monaten zum volkssturm eingezogen worden.

später, als kaufmännischer direktor einer nürnberger lebkuchenfabrik, lassen sie der bäuerin jedes jahr zu weihnachten eine schachtel voll lebkuchen schicken. deren zahlreiche enkelkinder balgen sich darum. sie schreiben grußkarten und wünschen gesegnete weinachten ohne h. susanna, die älteste, sandte eines tages einen langen brief. es sei ihr gelungen, schrieb sie, den ewigen lebkuchenstreit zu beenden. jeder wollte immer die gleichen stücke haben. nunmehr würden die stücke von ihr nummeriert und am heiligen abend verlost. der brief trug die anrede: lieber unbekannter wohltäter! das haben sie rührend gefunden. und auch die bitte von susanna, doch einmal auf besuch zu kommen. aber das liegt gut zwei jahrzehnte zurück. seither haben sie zwar weiter ihre lebkuchen geschickt, aber nie mehr antwort bekommen.

in den sechziger jahren kauften sie die kriegstagebücher. und plötzlich bemerkten sie, dass sie mehr gewesen waren als ein rädchen im getriebe eines gekenterten schiffs. ihr satz ist nicht in den ruinen am ufer des donaukanals verhallt. er wurde ins offizielle kriegstagebuch der deutschen wehrmacht aufgenommen. ein teil der wiener hat seine haltung verloren. sie erleben es wieder, dieses gefühl von stolz.

wie weit liegt das alles zurück, herr feldwebel neugebauer, und wie nah ist es, wenn sie als pensionist mit grauem backenbart zu einem kameradschaftstreffen nach wien reisen. da stehen sie dann am westbahnhof und sind zunächst enttäuscht. das alte bahnhofsgebäude ist nicht wieder errichtet worden. stattdessen eine von baustellen umringte betonhalle und ein von straßen und hindernissen aller art gesäumtes gelände. europaplatz. aber schon bei den ersten häusern der mariahilferstraße wird wien wieder wien. die erinnerung zieht sie hinab zum ring. dort gehen sie auf und ab, den kleinen koffer in der hand. das alles haben sie verteidigt. bis zur universität gehen sie, und dann zurück, vorbei am burgtheater, an der hofburg, an den museen, an der oper. sie werden müde und gehen durch den stadtpark ins hilton.

am nächsten tag nehmen sie auf dem heldenplatz an einer feldmesse teil. sie stehen inmitten ihrer mit orden behängten kameraden und spüren die zunehmende tageshitze. und da erwacht ihr altes misstrauen wieder. einer, von dem sie genau wissen, dass er damals schon diesseits der donau in einem haus verschwand und nie mehr zurückkehrte, hält eine lange rede. feierlich trägt er einen schwarzen samtpolster zum altar, auf dem eine schriftrolle mit den namen der gefallenen liegt, und darauf ein wehrmachtshelm. sie, herr feldwebel neugebauer, waren ein gegner des rückzugs gewesen. die damals davongelaufen sind, stellen heute ihre orden zur schau. und ihre vielen auszeichnungen, herr feldwebel neugebauer, darunter das kriegsverdienstkreuz zweiter klasse und die dienstauszeichnung der nsdap, sind in einem misthaufen in obergänserndorf vermodert.

als sie zu schwitzen beginnen, verlassen sie den heldenplatz und gehen zurück ins hilton. sie haben den wunsch, nach obergänserndorf zu fahren, um den kindern und enkeln der bäuerin die wahrheit zu erzählen.

der regenguss prasselte auf mich hernieder, als ich auf dem kleinen balkon das wasser zum abfluss kehrte. ich trug nur eine badehose. da der ablaufstutzen meines austritts über parkenden autos angebracht war, wagte ich den balkon bei schönwetter nicht zu reinigen. ausgeschwemmte blumenerde mit steinchen und styroporkügelchen, abgebröckeltes mauerwerk und all das sammelgut eifriger tauben hätten sich auf dem roten mazda, der zumeist unter meinem balkon parkte, allzu auffällig niedergelassen. wenn jedoch das wasser vom himmel herabstürzte und die häuser für zuckende momente überbelichtet waren, wenn der donner nicht mehr grollte, sondern wie eine explosion durch die gasse krachte, war der richtige moment, der natur bei der balkonreinigung nachzuhelfen.

gleich wird mich der blitz erschlagen, dachte ich, wie jene vier feuerwehrleute, die ihre wettkampfübung ausgerechnet während eines gewitters abhielten. die vorstellung war nicht unerträglich. sie hatte etwas vom reiz des freien falls. da krachte es plötzlich so betäubend, dass ich für einen moment gelähmt war. ich ließ den besen fallen und lief, nass wie ich war, zurück in die wohnung, um den text, an dem ich schrieb, zu sichern und den computer auszustecken. soll mich der himmel niederstrecken, aber meine schlacht um wien darf er nicht löschen.

zurück auf dem balkon sah ich, dass im haus gegenüber jemand am fenster stand. wegen der tief hängenden gewitterwolken war es zu dunkel, und der regen war zu heftig, um die gestalt genauer ausmachen zu können. es war wohl der mann, dessen linker unterarm von hier aus manchmal wahrnehmbar war, wenn er in der nacht an seinem schreibtisch saß und etwas schrieb. ich ließ den besen ruhen und wartete. als ein blitz die gasse aufhellte, als wäre sie plötzlich in brand geraten, sah ich, dass es ein älterer mann war, der da drüben regungslos am fenster stand und zu mir herüber starrte. ich wartete den nächsten blitz ab und grinste. doch er reagierte nicht. schau dich nur um. morgen kannst du erzählen, dass du einen verrückten gesehen hast, der im gewitter ein duschbad nahm.

der regen war warm, er massierte mir kopf und schultern. ich spreizte die zehen und ließ den wasserstrom hindurchgleiten.

der nächste blitz schien direkt aus dem gegenüberliegenden gebäude zu kommen. es war, als hätte der nachbar ihn mir zugeschleudert. im aufflackernden licht wirkte das haus durchsichtig, wie aus glas. nur das erdgeschoss schien gemauert zu sein. ich überlegte, wie das möglich war. der blitz musste sich an der glatten mauer gespiegelt haben. die fassade des erdgeschosses hingegen enthielt ornamente und war mit rauem mörtel verputzt. das haus hatte offenbar 1944/45 ein paar treffer abbekommen. nur noch im erdgeschoss war die ursprüngliche fassade zu sehen. sicher hing neben der eingangstür eine tafel, aus der hervorging, mit welchen mitteln aus welchem fonds unter welchem bürgermeister der wiederaufbau erfolgt war.

ein paar tage vor diesem gewitter war eine amerikanerin bei mir zu gast gewesen. ihr hatte ich es zu verdanken, dass ich auf diese tafeln, die oft von einem neuen anstrich übertüncht waren, zu achten begann. davor waren sie mir nicht aufgefallen. die amerikanerin studierte deutsch und kreatives schreiben. sie wollte schriftstellerin werden. es war ihr erster tag in europa. sie kam gerade von ihrer vermieterin, einer alten frau, die, kaum hatte sie ihr die hand geschüttelt und das zimmer gezeigt, mit einem blick auf die in kniehöhe eingerissene jeans betont hatte, dass wien eine zivilisierte stadt sei, in der man sich ordentlich kleide. dann habe die alte eine endlose suada von vorschriften über sie ergossen. sie dürfe niemanden aufs zimmer mitbringen, keine musik spielen und sich nicht unterstehen, im kühlschrank ein anderes als das oberste fach zu benutzen. mit warmwasser solle sie sparsam umgehen, baden dürfe sie nur einmal die woche, um zehn uhr abends müsse sie zu hause sein. ausnahmen gäbe es nur für überlange theater- oder opernvorstellungen, das müsse sie dann aber vorher ankündigen.

die studentin erzählte, dass sie nicht alles verstanden habe. bei manchen verboten, etwa dem, besuche zu empfangen, habe die vermieterin darüber hinaus betont, was besonders verboten sei, nämlich männerbesuche. das telefon sei mit einem schlüssel abgesperrt. sie glaube nicht, sagte die studentin, dass sie das lange aushalten werde. aber sie verstehe kafka nun besser.

am abend begleitete ich sie durch den vierten bezirk. sie sagte, sie wohne in der nähe der kärntner straße. als wir auf die gasse hinaustraten, fragte sie mich, wie alt die häuser

seien. ich erzählte ihr von der gründerzeit und zeigte ihr, wie man zumeist an den fassaden erkennen könne, welche häuser durch bomben zerstört, welche teilzerstört und welche verschont geblieben waren. und während ich so redete, gestikulierte und auf details aufmerksam machte, gewann ich erstmals selbst einen blick dafür.

und wer hat die häuser bombardiert? fragte sie.

die amerikaner, antwortete ich, in wien waren es vor allem die amerikaner.

sie sah mich erstaunt an. dass von den amerikanern europäische städte bombardiert worden waren, hatte sie nicht gewußt. und es schien sie traurig zu machen.

dresden, köln, hamburg, nie davon gehört? fragte ich.

sie schüttelte den kopf. ich wollte sie damit trösten, dass uns die bombardierungen von der nationalsozialistischen herrschaft befreit hätten. doch dann fiel ich mir selbst ins wort. die bomben, sagte ich, haben aber in wirklichkeit den gegenteiligen effekt erzielt. die amerikaner waren für die bevölkerung die ersten sichtbaren feinde. ob der krieg dadurch früher beendet wurde, ist ungewiss. die studentin schaute die häuser an, als wollte sie das ausmaß der zerstörung abschätzen.

aber irgendetwas mussten sie doch tun, sagte ich.

sie nickte. kein wort war mehr aus ihr herauszubringen. mein gott, was habe ich da angerichtet, dachte ich. die frau will das schöne wien besuchen, stößt auf eine vermieterin mit blockwartmentalität, und ich serviere ihr auch noch einen amerikanischen kriegsschauplatz.

es waren nicht nur die amerikaner, sagte ich. viele schäden sind erst beim abwehrkampf der deutschen wehr-

macht und des volkssturms gegen die anderen befreier, die rote armee, entstanden. aber je länger ich redete, desto mehr griff die unruhe der studentin auf mich über. du musst ältere menschen fragen, sagte ich. sie antworten: wir haben gelitten, andere haben auch gelitten, schwamm drüber. oder sie sagen: andere haben gelitten, wir haben es nicht gewußt, haben aber dafür büßen müssen. oder sie sagen: es war krieg, und wir haben ihn verloren. oder sie sagen: zuerst überfallen uns die deutschen, dann bombardieren uns die amerikaner, am schluß besetzen uns die russen, niemand hat uns geholfen.

stimmt das nicht?

nein, sagte ich. doch, sagte ich, für einige stimmt es. plötzlich ein merkwürdiger gedanke. ich bin ein gefangener unserer geschichte und ziehe eine studentin, die das glück hat, von diesen verstrickungen frei zu sein, mit hinein. ich bin ein kriegsgefangener. aber weil die gefangenschaft in der heimat stattfindet, gibt es keinen ort, an den ich zurückkehren könnte.

ein lautes klingeln verscheuchte uns vom radweg. als wir in der margaretenstraße an einem karibischen musikbeisel vorbeigingen, wollte ich die studentin auf einen cocktail einladen. sie winkte ab. am karlsplatz sagte ich, wir seien nun in der nähe der kärntnerstraße.

wo ist die oper?, fragte sie.

da vorne. ich wies am café museum vorbei.

ist die oper auch zerstört worden?

sie ist ausgebrannt.

warum sieht man das nicht?

weil sie ein heiligtum ist, ein teil der heiligen dreifaltig-

keit. gottvater wohnt im stephansdom, der sohn treibt sich im burgtheater herum, der heilige geist schwebt in der oper. alle drei heiligtümer sind ausgebrannt, weil die wiener feuerwehr den nazis gehorcht und die stadt verlassen hat. sie wurden nicht einfach aufgebaut, sondern wiederaufgebaut, als ob nichts geschehen wäre. wiederaufbauzeit, sagte ich.

jetzt kenne sie sich aus, antwortete die studentin. sie wollte das letzte stück allein gehen. so erfuhr ich nicht, wo sie wohnte.

vor dem mittagessen wollen sie, herr feldwebel neugebauer, noch ein wenig durch die innenstadt schlendern. schon nach kurzem weg läuft ihnen der schweiß den rücken hinab. sie bringen die helle cordjacke ins hotel zurück, trinken ein kaltes bier und machen sich noch einmal auf den weg. wieder haben sie die pfeife im mund. die tabakdose beult die tasche des kurzärmeligen hemds. durch wochenlangen sonnenschein sind die straßen und mauern aufgeheizt. auf dem stephansplatz abgekämpfte touristen, lange schlangen vor den eissalons. sieben schwitzende mönche haben den zugang zum dom abgeriegelt. nur wer das pater noster aufsagen kann, wird eingelassen. auf einmal müssen sie in deckung gehen, denn vor dem heidenturm schießt ein mann mit von der sonne ausgedörrten roßknödeln um sich. er schreit gotterbärmlich. das rote kreuz erlöst ihn.

nassgeschwitzt und mit offenem mund schleppen sie sich über den graben. ihr zeigefinger steckt im pfeifenkopf. alle lokale sind hoffnungslos überfüllt. auf der höhe der

pestsäule ist vor einem bankgebäude eine wand hochgezogen, von der art, wie sie an baustellen verwendet wird, um passanten vor lärm- und staubbelästigung zu schützen. darauf kleben riesige plakate, die das zerstörte wien von 1945 zeigen, den stephansdom, die staatsoper, den graben mit der pestsäule, die aus der halb abgetragenen ummauerung herausragt. sie können sich gut an diese ummauerung erinnern und drehen sich nach der pestsäule um. der obere teil ist neu vergoldet, die figurenkonstruktion ist, um die tauben fern zu halten, mit einem feinen netz überspannt. es kommt ihnen, herr feldwebel neugebauer, der gedanke, man hätte nicht die ganze ummauerung abtragen sollen. ein rest, vielleicht schräg nach unten verlaufend, wie auf dem foto, würde der stadt gut tun. man hat uns ausradiert, denken sie.

sie wenden sich wieder der plakatwand zu, betrachten ein zerbombtes haus. die schutthaufen sind weggeräumt, auf einem beleuchtungsmast sind zwei schilder montiert. eines für die autobushaltestelle, das andere ist eine reklame für schlossberg-schirme. aus der durchlöcherten ziegelmauer ragt eine markise heraus, mit der aufschrift meinl. hat sie den bombenangriff überlebt oder wurde sie erst danach angebracht? eine weile beschäftigt sie diese frage, dann bemerken sie, dass auf der rechten seite, knapp vor dem bildrand, in die mauer eine tür eingelassen ist. das foto ist schwarzweiß, doch die tür ist von bräunlicher farbe, mit einem kleinen, viereckigen guckloch in augenhöhe. sie rempeln sich durch die vor der baustelle verdichteten passantenströme. es besteht kein zweifel, die tür ist ein teil des fotos, aber es gibt sie auch wirklich. die abgegriffene

messingschnalle nimmt sie an der hand. durch den türspalt dringt angenehme kühle luft. sie sind eingeladen, einen moment von der hitze auszuruhen.

zu sehen sind anfangs nur die ritzen des bretterverschlags. alle geräusche kommen von draußen. plötzlich eine stimme: wir haben von vorne anfangen müssen, da war nichts mehr. nur gewalt, mord, raub, brandstiftung.

sie blicken in die richtung, aus der die stimme gekommen ist. auf einem steg über der gesprengten schwedenbrücke trippeln menschen über den donaukanal. davor liegt ein kleiner dampfer vor anker, er hat schlagseite. am bug trägt er die aufschrift fortuna. im wasser schwimmen abfälle, die sich am schiffsrand stauen.

am ende, fährt die stimme fort, ging über wien ein aschenregen nieder. das war die asche der verbrannten naziuniformen, hitlerbilder und parteiurkunden. jeder war nun sein eigener führer.

wo bin ich? fragen sie.

in der nacht lag ich in meinem wintermantel auf dem sofa. fensterglas war noch nicht zu bekommen. auf einmal hörte ich markerschütternde hilferufe einer frau aus dem dunkel der parkanlage vor meinem haus, am nächsten tag fand man ihre leiche im löschteich. sie war ertränkt worden. ein anderes mal, zuerst laut, dann immer schwächer werdend, ein andauerndes jammern in einer fremden sprache, am morgen lag auf der bank vor unserem haus ein verbluteter ausländer.

wer sind sie?

durch wien ging der schrecken; der schrecken der plünderung, der schrecken, dass die juden zurückkommen und

mit den fingern auf uns zeigen, der schrecken, dass die amerikaner und russen uns richten könnten. die bande der ordnung waren zerrissen. jeder kämpfte für sein eigenes reich. und ich tat es auch.

wozu habt ihr überhaupt gekämpft? wollen sie dem mann zurufen. heute bezeichnet ihr uns als die besetzer, dabei habt ihr es gar nicht erwarten können, dass wir euch aus der patsche helfen. wir haben euren antisemitismus ausbaden müssen. als man damit lorbeeren verdienen konnte, wart ihr zur stelle, jetzt wollt ihr davon nichts gewusst haben. wir haben fünfunddreißig jahre länger gebraucht, bis wir unseren staat zurückbekamen. und jetzt, da deutschland endlich wieder deutschland ist, kommt ihr plötzlich drauf, was euch fehlt. ich habe genug von jammernden österreichischen deserteuren, die fotos von kriegsschäden wie abzeichen der unschuld vor sich hertragen.

das alles wollen sie sagen, herr feldwebel neugebauer, doch sie finden ihren gesprächspartner nicht. sie gehen ein paar schritte zur seite, da stoßen sie mit dem fuß an einen körper. erschreckt weichen sie zurück und suchen den ausgang, doch sie finden ihn nicht. unter ihren füßen gibt der boden nach, vergeblich rudern sie mit den händen. sie rutschen ein stück hinab und fallen rückwärts in eine grube. sie spüren den dumpfen aufschlag, aber sie fühlen keinen schmerz.

lange liegen sie regungslos da. nichts. kein geräusch, keine empfindung. dann ein kleines nest mit dem namen obergänserndorf. in einer bauernhose sitzen sie bei milchsuppe und erdäpfelsterz. misstrauisch werden sie von der bäuerin beäugt. sind sie eh sicher ein deutscher? fragt sie.

es ist acht uhr abends. ein bub dreht am volksempfänger, da hören sie die stimme von karl renner. der alte anschlussbefürworter ruft die neue republik aus. die deutsche annexion hat ein ende gefunden. alles, was geschehen ist, sagt er, hat kein wahrer österreicher jemals gewollt. dann die stimme von general körner. liebe wienerinnen und wiener, hier spricht euer bürgermeister. niemand soll rückwärts schauen! alles vorwärts. nicht nutzlos klagen und jammern, was ganz sinn- und zwecklos ist.

in diesem augenblick, herr feldwebel neugebauer, stürzen ihnen die tränen aus den augen. erstmals überkommt sie das gefühl, sie sind erledigt, sie haben ihre jugend an der falschen front verbracht.

weinen sie nicht, sagt die bäuerin. wir müssen es nehmen, wie es der herrgott schickt. dann holt sie die hakenkreuzfahne aus der kammer, schneidet ein stück heraus und näht es als flicken auf eine rote schürze.

der mann gegenüber war verschwunden. ich nahm den besen zur hand und kehrte sorgsam von den überdachten balkonecken den dreck zum abfluss. wenn ich mich nach vorn beugte, konnte ich sehen, wie der braune guss das rote autodach spülte, schwankend und unentschlossen, auf welche stelle er sich konzentrieren sollte. auf die verzinkte balkonbrüstung trommelten die wasserklumpen und bespritzten meinen bauch. am blech hatte sich taubenschiss angesammelt, von dem weiße schlieren wegrannen. ich kehrte ihn mit schwungvollen strichen auf das auto hinab. das gegenüberliegende haus behielt ich im auge. vielleicht, so dachte ich, ist der mann nur so weit vom fenster zurückgetreten,

dass ich ihn nicht sehen kann. vielleicht verständigt er gerade die polizei. oder er freut sich insgeheim darüber, dass die jungen nicht anders sind als die alten. vielleicht ist er schriftsteller. am abend setzt er sich hin, um über einen jungen zu schreiben, der vorgibt, im gewitterregen zu duschen, aber in wirklichkeit, immer, wenn er sich ungesehen wähnt, seinen dreck auf die anderen ablädt.

die regensträhnen waren feiner geworden. der blitz kam vom dritten bezirk herüber, und der donner ließ einen moment auf sich warten. es schien wieder tag zu werden. hinter der kahlen, vom nass gebräunten fassade stand vielleicht noch immer der mann und schaute mich an. ich leerte aus den blumentöpfen, die entlang der mauer aufgestapelt waren, das wasser aus. mir kam der gedanke, wien ist zu wenig bombardiert worden. ich kippte einen weißen übertopf und putzte ihn mit der flachen hand. die stadt hätte größere zerstörungen gebraucht. ich legte einen stapel tontöpfe um, aus denen wasser herausquoll. die stadt ist definitiv zu milde behandelt worden. in einer keramikschüssel schwamm inmitten von reisig ein taubenei. die wahrheit wurde mit alten lügen zugekleistert. ich fischte das reisig heraus und legte es vor die balkontür. gefesselt wurde die geschichte, geknebelt und in schönbrunner schlossgelb verpackt. ich schüttelte das ei. es enthielt halb ausgebrütetes leben und fühlte sich warm an. die stadt ist voller erinnerung, aber leer von wissen. jeder erinnert sich, alle haben ihre memoiren in den schubladen, und überall steht drinnen, dass in den tagen des zusammenbruchs mehr unglück über die stadt gekommen ist als je zuvor. wurden die texte veröffentlicht, ersetzte der lektor

das wort zusammenbruch durch das wort befreiung. ich legte das ei zum reisig und leerte die schüssel.

einmal kam hans zeisel aus chicago zu mir auf besuch. dort bin ich 1934 eingesperrt gewesen, sagte er, als wir beim neu verputzten landesgericht vorbeifuhren. mein freund bruno kreisky hat einen nazi in der zelle gehabt. ich weiß, sagte ich, übers jahr kam der hitler, übers jahr kam der stalin, und übers jahr war wieder alles beim alten. und es gab niemanden, dem diejenigen fehlten, die nicht mehr da waren.

zeisel wollte die vorstadt sehen, die arbeiterbezirke, für deren bewohner er damals als junger anwalt tätig gewesen war. er sah die bunt gestrichenen häuser, die sauberen gehsteige, die schwellen und bäume der wohnstraßen.

es gibt auch anderes, sagte ich. ich bog in nebengassen ein.

hier, sagte ich und hielt den wagen an. dieses graue gebäude, von dem der putz abbröckelt. alles substandardwohnungen. da wohnen dann oft fünf türken in einem raum.

durch das haustor kamen ein mann und ein mädchen. sie berührte mit mund und stirn die hand des mannes, vielleicht ihres vaters, und ging wieder zurück.

ist doch ein ordentliches haus, sagte hans zeisel.

am brunnenmarkt sahen wir den bosnischen frauen und jugendlichen zu. hans fragte mich: ist es hier gefährlich? nein, antwortete ich.

na also. dreihundert meter vor meiner wohnung in chicago beginnt ein viertel, das wie eine ansammlung von kriegsruinen aussieht. niemand, dem sein leben etwas wert

ist, traut sich am abend dorthin. manchmal, wenn ich von den herausgeputzten städten deutschlands oder österreichs zurückkomme und mit dem taxi durch dieses viertel fahre, frage ich mich, wer die wirklichen verlierer des zweiten weltkriegs sind.

der regen hatte mittlerweile aufgehört. über mariahilf riss der himmel auf. der mann gegenüber öffnete das fenster und setzte sich an den schreibtisch. sein linker unterarm ruhte auf der sessellehne. der oberkörper wippte manchmal leicht nach vorn, dann konnte ich ihn kurz sehen. mein balkon glitzerte vor sauberkeit, als die ersten sonnenstrahlen das zinkblech berührten. unter dem taubenreisig befanden sich einige schnüre und trinkhalme. ich holte einen abfallsack. einen moment lang überlegte ich, ob ich das ei aufschlagen sollte, dann warf ich es zum müll.

sie stehen plötzlich auf, herr feldwebel neugebauer, und es gelingt ihnen mühelos, aus der grube herauszusteigen. entschlossen laufen sie durch das baustellenlabyrinth auf den bretterverschlag zu, springen trotz der dunkelheit über alle hindernisse hinweg, reißen die tür auf, entkommen auf den graben hinaus, wo es mittlerweile abgekühlt hat und ihnen die menschen bereitwillig den weg freigeben. sie laufen wie ein kleiner junge, voller lust an der bewegung und ganz ohne anstrengung, an der pestsäule, an der stephanskirche vorbei und dann die rotenturmstraße hinab. ihre füße fliegen dahin, als hätten sie keinen körper zu tragen. einen moment lang sind sie irritiert, dass es die schwedenbrücke gibt. immerhin sind sie derjenige gewesen, der das

sprengkommando angeführt hat. sie laufen leichten fußes darüber, klettern über die panzersperren, vorbei an einem jungen deutschen feldwebel, der in der taborstraße haltung! brüllt – haltung! – und die bewohner der umliegenden häuser zum schanzenbau vergattert, während sich in den seitenstraßen ein paar jämmerliche panzer zu ihrem letzten einsatz sammeln.

sie eilen weiter und gelangen in einen dichten qualm von staub und verbranntem öl, der den ganzen stadtteil verfinstert und nur kurzfristig, wenn der wind dreht, die ruinen des nordbahnhofs freigibt. ohne atem zu holen, laufen sie durch die giftigen schwaden, an bombentrichtern vorbei, und finden, obwohl ihnen der starke rauch fast jegliche sicht nimmt, spielend den weg zur marchfeldstraße und von dort zur floridsdorfer brücke, erreichen ohne umschweife, so wie damals, als sie auf einem lastwagen saßen und, die hände vorm gesicht, zu ersticken meinten, ihren brückenkopf an der donau. und plötzlich, herr feldwebel neugebauer, werden sie gewahr, wie klein ihre division geworden ist. im schutz des rauchenden nordbahnhofs, in dessen ruinen neue granaten einschlagen, sind die meisten soldaten verschwunden.

durchhalten! durchhalten! sie schreien das noch, als die ersten sowjetischen panzer die floridsdorfer brücke erreichen, und sie schreien es noch, als sie, um schneller laufen zu können, das mg schon weggeworfen haben. im wehrmachtshelm staut sich der schweiß, und während sie schnaufend und mit stechenden lungen, das gedröhn der granaten im rücken, an einer straßengabelung stehen bleiben, um sich zu orientieren, rinnt ihnen das wasser wie

eine sturzflut aus dem helm und über die augen herab. irgendetwas lässt sie auch heute, obschon leichten schrittes, an diesem kleinen platz anhalten, und mit einem mal haben sie wieder die langsam sich drehenden stiefel vor sich, die stiefel, die hände, hoch oben den kopf, das schild: ich habe mit den bolschewiken paktiert! drei offizierskörper in ihren uniformen an straßenlaternen. sie reiben sich die salzigen augen. dreimal, herr feldwebel, spucken sie aus, dann ziehen sie das bajonett und stoßen es in die leblosen körper hinein. alle hätte man hängen sollen, alle! schreien sie. stoß auf stoß rammen sie die klinge in die nässenden uniformen. alle hätte man euch hängen sollen! jeder stich durch den baumelnden rumpf lässt den kopf nicken. hier, du verräter, ja, nick nur, du schweinehund, alle hätte man euch so behandeln müssen. alle hängen, alle! hier, und hier, und hier und noch einen, du drecksack.

sie lassen das bajonett im körper des offiziers stecken, laufen die prager straße entlang und finden zielsicher, als wären sie diesen weg gestern erst gegangen, die straße nach obergänserndorf. der an einem nunmehr asphaltierten güterweg liegende hof ist aufgestockt und mit großen auslagenfenstern versehen. sie erkennen ihn trotzdem und öffnen die tür. eine ihnen unbekannte familie hat gerade zum sonntagsmahl platz genommen. als sie ihren namen nennen, steht der altbauer auf und sagt: herzlich willkommen, herr feldwebel! sie werden eingeladen, am mittagstisch platz zu nehmen. die jungbäuerin nimmt aus dem wohnzimmerkasten blumenteller und besteck. die unbekannte familie wird ihnen vorgestellt. der altbauer war damals, vor 48 jahren, beim volkssturm gewesen. nach dem krieg

hat er die wirtschaft übernommen, denn sein vater ist von der ostfront nie zurückgekehrt. seine frau, die altbäuerin, ist rundlich und riecht nach schweiß. sie lächelt sanft. das kommando über die vielen herumsitzenden kinder und die angelegenheiten der küche wird von der jungbäuerin geführt. der jungbauer ist nicht da. wo er sich aufhält, wird ihnen nicht gesagt. aber seine schwester, eine religionslehrerin, ist mit ihren drei kindern zugegen. sie sagt, sie heiße susanna, und sie, herr feldwebel neugebauer, reichen ihr die hand und sagen: danke für die einladung und den schönen langen brief.

ich habe sie eingeladen?

ja, als sie ein kind waren. und jetzt bin ich hier.

susanna spricht ein kurzes tischgebet: herr, gib uns die kraft, alle fremden zu lieben und unser mahl mit ihnen zu teilen. anfangs meinen sie, wie passend, doch dann kommen ihnen bedenken. während die suppe gegessen wird, sagen sie zu susanna: zum glück müssen sie nicht mit allen fremden teilen, sonst würden sie bald selbst nichts mehr haben. sie antwortet: meistens teilt man mit denen, die ohnedies genug haben.

susanna! fährt der altbauer auf. der herr feldwebel schickt uns seit jahrzehnten lebkuchen.

die gespräche zwischen den erwachsenen sind damit für eine weile verstummt. wären da nicht die vielen kinder, die zanken und zwischendurch säfte über den tisch leeren, das essen nähme einen sehr eintönigen verlauf. sie sind enttäuscht, herr feldwebel, und wollen das haus schleunigst wieder verlassen. als sie der altbauer jedoch bittet, von ihrer flucht zu sprechen und damit vom hintergrund für den

lebkuchensegen, sehen sie ihre chance gekommen. sie berichten vom kampf um wien. sie sagen, der fehler, dass es überhaupt so weit hat kommen können, sei der angriff auf england gewesen. ohne den angriff auf england hätte der amerikaner auf der richtigen seite eingegriffen. das sei der fehler gewesen. churchill habe das später erkannt.

was haben die deutschen überhaupt in russland verloren gehabt? fragt susanna.

sie springen auf, herr feldwebel, und schreien plötzlich. sehen sie sich doch den saustall an, den die kommunisten hinterlassen haben, dann wissen sie es!

schreien sie mich nicht an, schreit susanna zurück.

und was habt ihr katholiken gemacht? gebetet habt ihr, sonst gar nichts. es ist zu viel gebetet und zu wenig gekämpft worden. zu viel das gesindel gehätschelt, statt es zu vernichten.

raus hier, schreit susanna und zeigt mit der hand zur tür. raus hier, ich dulde keinen nazi bei uns.

halt die pappen, du luder, schreit der altbauer. du vertreibst mir nicht schon wieder die gäste. es reicht, dass dein bruder nicht mehr kommt, wenn du da bist. entschuldigen sie, herr feldwebel, die spinnt. ich weiß mir nicht mehr zu helfen. die spinnt. betet und spinnt. was soll ich machen?

disziplin! ihr einmal den vater zeigen!

der altbauer blickt sie, herr feldwebel, überrascht an. dann nimmt er den ochsenziemer vom sekretär und erhebt ihn gegen seine mit offenem mund dastehende tochter. sie nicken ihm aufmunternd zu. da lässt er den ochsenziemer auf sie niedersausen. zuerst auf den rücken und die schul-

tern, dann über den kopf, bis sie schützend die hände über die ersten platzwunden hält und zu boden geht. sie beginnt zu wimmern. die kinder schreien. die bäuerin will ihrem mann in die arme greifen. da stößt er sie zurück, dass sie umfällt, schlägt weiter auf seine tochter ein. ich werde dir geben. den feldwebel beleidigen.

genug, wollen sie sagen, das reicht. sie sehen, wie blut aus ihrem mund rinnt. halten sie ein, wollen sie sagen, doch sie bringen keinen ton hervor. dumpf klatscht der ochsenziemer auf die religionslehrerin, in immer neuen, immer stärkeren schlägen. ihre arme erschlaffen, sie wehrt sich nicht mehr, sie will etwas sagen, bringt aber nur ein röcheln hervor. hören sie endlich auf, wollen sie schreien. schluss, sie bringen sie um. kein laut, keine bewegung, nichts. sie sind gelähmt. während der altbauer mit gerötetem gesicht seine tochter erschlägt, verlieren sie jedes gefühl, außer dem einen, auf einem berg von leichen zu liegen.

während ich den schwitzenden feldwebel neugebauer durch die innenstadt schickte, entschlossen, ihn über seine eigenen erinnerungen und über die angst des herrn vor der rache der untermenschen stolpern zu lassen, rief mich zu meiner überraschung die amerikanische studentin an. sie fragte mich, was bdm heiße. ich fragte zurück, wie es ihr mit der vermieterin gehe. wunderbar, gab sie mir zur antwort. ich werde von der frau geradezu verwöhnt. ständig will sie mir nette burschen präsentieren. aber was heißt bdm?

wie kommst du auf bdm?

seit mir die vermieterin vom bdm vorschwärmt, kommen wir bestens miteinander aus.

ich sollte nicht über einen soldaten schreiben, dachte ich, von soldaten ist schon genug erzählt worden. auch von unglücklichen frauen. aber wer erzählt von einem mädchen, das im dritten reich glücklich war? ich sollte diese geschichte nicht der studentin überlassen, die daran vielleicht ihr kreatives schreiben übt und gar nicht ahnt, dass sie das herz der ostmark vor sich liegen hat. die vermieterin war im dritten reich glücklich gewesen. endlich hat sie es jemandem sagen dürfen. sie überschlägt sich vor dankbarkeit. endlich hat sie jemanden gefunden, der darauf nicht antwortet: aber da wurden doch soundsoviele …

hilfe suchend blickte ich zu meinem schriftsteller hinüber – oder war er vielleicht ein bibliothekar? ein wenig hatte er den blassen gesichtsausdruck eines bibliothekars –, doch er war nicht zu sehen.

was hat sie erzählt? fragte ich die studentin.

sie haben geturnt und am abend haben sie ums lagerfeuer getanzt, sie haben lieder gesungen und für die soldaten an der front gesammelt. früher, so hat sie erzählt, haben in österreich die menschen überall gesungen. all die schönen lieder seien verloren. das ist doch wirklich schade, oder?

jammerschade, sagte ich. vielleicht hat sie noch irgendwo das reichsjugendsportabzeichen aufbewahrt. die meisten haben es weggeworfen, weil darauf unter den buchstaben rja auch ein hakenkreuz war. vielleicht ist sie darauf so stolz gewesen, dass sie es nicht wegwerfen konnte. frag sie, ob sie es dir zeigt.

du traust ihr nicht?

nein, sagte ich. du solltest ausziehen. sie nutzt dich nur aus.

aber sie ist doch jetzt so freundlich zu mir. dauernd bietet sie mir essen an. sie stellt mir ihre enkelkinder vor. ich kann jetzt ausgehen, solange ich will.

dann bleib, sagte ich und versuchte ihr noch zu erklären, was der bund deutscher mädchen war, ohne es selbst genau zu wissen.

vielleicht, so dachte ich, kaum hatte ich den hörer aufgelegt, vielleicht hat die vermieterin irgendwo im bergland gelebt und ist dem unglück erst nach der befreiung begegnet. ich sah zu meinem schriftsteller hinüber, aber der hielt sich verborgen. nicht einmal seinen linken arm wollte er mir zeigen. er ließ mich allein mit dem bild einer frau, die freundlich wird, wenn sie von ihrer bdm-jugend erzählt. vielleicht arbeitete sie im gemeindeamt des dorfes und war für die ausgabe von lebensmittelkarten zuständig. immer wieder kamen leute und erzählten ihr von bauern, die ohne genehmigung schlachteten. es wäre ihre aufgabe gewesen, diese bauern anzuzeigen. aber sie tat es nicht. sie suchte sie nach dienstschluss auf ihren entlegenen höfen auf und erklärte ihnen, dass deutschland nun alles, was es noch gebe, teilen müsse. als im märz 1945 die sowjetische armee anrückte, wurden die mädchen des dorfes versteckt. andrzej, ein polnischer fremdarbeiter, mit dem sie sich gesetzeswidrig angefreundet hatten, brachte ihnen in der nacht zusätzliche essensrationen. sie sagten zu ihm, er werde nach dem krieg bürgermeister werden, und er schien es zu glauben. nach sechs wochen war der durch-

marsch der sowjets beendet. andrzej, der polnische bürgermeister, fuhr enttäuscht nach hause, die frauen verließen ihr versteck. die mutter der vermieterin, die als arzthilfe arbeitete, mag gesagt haben: der krieg ist vorbei, du musst nun etwas lernen.

im sommer 1945 wird die frau aus dem dorf erstmals in die hauptstadt gekommen sein. vielleicht wollte sie den beruf ihrer mutter ergreifen und sich zur krankenschwester ausbilden lassen. was nationalsozialistische härte ist, erfuhr sie erst in der nachkriegszeit. die oberschwester und die internatsleiterin waren gestandene nazis. in der früh gab es einen morgenappell. alle schülerinnen hatten zur kontrolle ihres äußeren anzutreten. schmuck war verboten. die nägel mussten kurz gestutzt sein. der rocksaum durfte nicht höher als dreißig zentimeter über dem boden ansetzen. ein halber tag in der woche, der samstagnachmittag, war frei. wer in der nähe wohnte, konnte heimfahren. die frau, so dachte ich mir, die in ihrem dorf so glücklich gewesen war, musste bis nach weihnachten warten. in der krankenschwesternschule herrschte ein eisernes kommando. doch trotz der strengen ordnung war nichts auf seinem platz sicher. was sich eintauschen ließ, wurde gestohlen. wer sich die brotrationen einteilte, oder das karge essen im wärmespind für später aufhob, riskierte, dass es dann nicht mehr da war. eine freundin brachte vom land ein kilo schmalz mit. es sollte der leckerbissen zur weihnachtsfeier sein. doch am heiligen abend war es nicht mehr zu finden.

die junge krankenschwester, so dachte ich mir, hatte damals einen wunsch, der größer war als alle anderen. lange konnte er nicht erfüllt werden. aber irgendwann, nach lan-

gem sparen, kaufte sich die vermieterin der amerikanischen studentin auf dem schwarzmarkt das leben zurück: seidenstrümpfe. in ein paar jahren, so überlegte ich, wenn sie in einer blechkiste aus der wohnung getragen wird, nachdem eine andere studentin beim betreten der küche über ihre füße gestolpert sein wird, werden aus dem wäschekasten die schätze ihrer jugend geborgen werden. löchrige seidenstrümpfe und das reichsjugendsportabzeichen.

sie können sich nicht bewegen, herr feldwebel neugebauer, aber mit den händen spüren sie die leichen. sie öffnen die augen. über ihnen, am rand des bombenkraters, steht ein junge mit zerschossenem oberkörper. in seiner brust klafft ein ausgefranstes loch in fußballgröße. sie sehen die eingeweide heraushängen, sie sehen den flaum auf seiner oberlippe, sie sehen die panzerfaust in seiner hand. vergeblich versuchen sie, ihre arme zu bewegen. ich habe geburtstag, sagt der junge. langsam hebt er die waffe. richtet die granate gegen ihre brust. sie wollen schreien, aber sie finden ihre stimme nicht. heute ist mein 64. geburtstag, sagt der junge. sie rechnen nach. 64, dann war er doch erst sechzehn jahre alt. gute arbeit, herr feldwebel, sagt der junge, ich habe ihnen sekt mitgebracht. dieses hässliche loch in seiner brust, in der man das herz schlagen sieht. die lunge ist zerrissen. er drückt die panzerfaust gegen seine schulter. der kleine punkt im zielfernrohr ist sein auge. in diesem moment wird ihnen bewusst, der meint es ernst. halt, wollen sie schreien. ihre nürnberger villa, ihr landhaus im schwarzwald, ihre aktien, ihre sparbücher, alles wollen sie dem jungen schenken, wenn er nur nicht abdrückt. sie

schließen die augen und hören in diesem moment den schuss. das ist mein heldenplatz, denken sie, und sie müssen dabei sogar ein wenig lächeln. sie spüren eine rotglühende sonne, die 48 jahre lang durch die nacht gewandert ist, aus ihrer brust aufsteigen, während ihr körper, herr feldwebel neugebauer, ihr aufgerissener oberkörper, sein blut auf die toten ergießt, noch ein wenig zuckt und dann daliegt, wie die verlorene pfeife.

der sandler

sie stand auf der leiter, unter der weiten glocke ihres kleides waren behaarte waden zu sehen und die windungen der venen an den kniekehlen. in die haut war noch das muster der faschen eingedrückt, die ihr an den unterschenkeln hinabgerutscht waren und sich nun wie nachlässig getragene legwarmers über den holzschuhen rafften. die leiter war auffällig schräg an den baum gelehnt. sie pflückte kirschen in einen kleinen senfkübel, der mit einem s-förmigen eisenhaken an eine sprosse gehängt war. um nicht an ihrem rock hinaufstarren zu müssen, wenn ich mich mit ihr unterhielt, war ich mit ein paar metern abstand stehen geblieben. sie hatte mich nicht kommen hören und als ich sie grüßte, tastete ihre rechte hand den ast entlang zu den weiter draußen hängenden kirschen, die sie in ihre handballen rupfte und, während der ast zurückschwang, in den kübel warf. danach zog sie den ast wieder an sich heran und arbeitete sich zu den noch weiter draußen hängenden kirschen vor. ich sah der schusterin eine weile bei ihrer arbeit zu. ihr kopf war hinter den blättern verborgen. das pflücken war mühsam,

weil sie nur die rechte hand dafür benutzte. mit der linken hielt sie sich an der leiter fest.

als ich sie, lauter als zuvor, noch einmal grüßte, wurde sie auf mich aufmerksam. ich sagte, ich sei zufällig auf der straße vorbeigefahren und wollte nachsehen, wie es ihr so gehe.

ich bin gerade beim kirschenpflücken, sagte sie, als wäre das nicht deutlich erkennbar gewesen. sie begann die leiter herunterzusteigen. weil morgen die tochter und das enkelkind kommen, fuhr sie fort, während sie mit dem holzschuh die darunter liegende sprosse abtastete, ihr gewicht darauf niederließ und den nächsten fuß herabschob. hinter dem laub kam das bis zum rücken herabhängende dreieck ihres kopftuchs zum vorschein. bei der untersten sprosse angekommen sagte sie, noch immer zur leiter gewandt, ganz ein seltener gast, schön, dass du einmal vorbeischaust.

ich ging auf sie zu, sie stieg von der letzten sprosse herab und drehte sich um. da sah ich das erste mal ihre verletzung. während ich ihr die hand gab, blickte ich nicht zu dem auge, mit dem sie mich ansah, sondern in die leere rote höhle auf der anderen seite des gesichts. sie drückte den lidwulst zusammen und entschuldigte sich, dass sie das glasauge nicht trage. sie nehme es nur zum ausgehen, weil es drücke und ohnedies zu nichts gut sei.

die schusterin war zwei jahre zuvor, als sie gerade das haus verlassen hatte, um zum begräbnis ihres mannes zu fahren, an der eisigen treppe ausgerutscht und mit dem linken auge in einen stab des stiegengeländers gefallen. ihre tochter hatte in der zufahrt mit dem auto auf sie gewartet

und die mutter, der das blut über das gesicht rann, ins krankenhaus gebracht. damit wenigstens ein kind des verstorbenen anwesend war, ließ der pfarrer die trauergäste mehrere rosenkränze beten, bis die tochter aus der stadt zurück war. der sohn war zum begräbnis nicht erschienen. alle hatten darauf gehofft, aber niemand hatte wirklich erwartet, dass er kommen würde.

seither lebte die schusterin allein in ihrem würfelförmigen häuschen, das ihr mann mühsam erweitert und in seinen letzten lebensjahren blau angestrichen hatte. sie hielt sich ein paar hühner und baute gemüse an. den rest der bescheidenen landwirtschaft hatte sie um ein geringes zubrot an die umliegenden höfe verpachtet. alle sagten, du hättest verkaufen sollen, dann würdest du mehr davon haben, aber sie wartete immer noch auf den tag, an dem alois, ihr sohn, zurückkehren würde.

der schuster war ein braver mann gewesen. die männer im dorf mochten ihn nicht sonderlich gern, weil er ihren frauen als beweis dienen konnte, dass es auch männer gab, die nicht ins wirtshaus gingen. vielleicht hatte die abneigung auch damit zu tun, dass er nicht aus dem dorf stammte, sondern eingeheiratet hatte. es war den anderen rätselhaft, wie er es schaffte, mit seinem kleinen bauernhof zu überleben, ohne sich auf bestimmte produkte zu spezialisieren. alle anderen hatten ihre betriebe längst auf rinder, auf schweine, auf getreide oder auf kartoffeln umgestellt, manche auch auf schafe oder ziegen, während der schuster und die schusterin immer noch jahr für jahr denselben arbeitsrhythmus durchliefen, den sie von kindheit auf kannten. ackern, eggen, saat, mohnjäten, erste heuernte, kartof-

feljäten, zweite heuernte, korn, hafer, gerste, mohn, rüben, kartoffeln und kraut einbringen, mist streuen, ackern, eggen, wintersaat. um allerheiligen wurden an der hauswand entlang mistballen ausgelegt, damit die wasserleitung nicht zufrieren konnte. dann war es für den schuster zeit, mit jener tätigkeit zu beginnen, die ihm zwar nicht viel geld, aber seinen namen eingetragen hatte. er hieß nicht schuster, sondern er wurde nur so genannt, weil er in den wintermonaten holzschuhe anfertigte. kaum war der erste schnee gefallen, sah man ihn zum waldrand hinaufstapfen, wo er unter einer überdachung sein holz zum trocknen aufgestapelt hatte. dort wählte er ein paar bretter aus und zog sie zu seiner werkstatt hinunter, die er wie einen verschlag an die rückseite des hauses angebaut hatte. durch das mit teerpappe gedeckte schrägdach ragte ein rohr heraus, aus dem während der schneemonate häufig rauch aufstieg. im advent kamen aus dem dorf die ersten kunden. sie saßen in der küche, der schuster nahm maß an ihren füßen, die schusterin spielte auf der zither und schimpfte dabei auf ihre ungelenken finger. sie musste jedes jahr aufs neue einige tage üben, bevor sie wieder lang, lang ist's her spielen konnte. irgendwo saß noch die tochter unauffällig in einer ecke und kümmerte sich um ihre puppe, der sohn jedenfalls war selten zu hause. so hatte ich dieses haus in erinnerung.

die schusterin fragte mich, bringst du neuigkeiten, und ich wusste sofort, was sie meinte, neuigkeiten über ihren sohn. ja, sagte ich, ich habe neuigkeiten, und bedauerte dies schon im nächsten moment, weil es in wirklichkeit keine neuigkeiten waren, sondern eine bestätigung dessen,

was wir längst wussten, dass der lois, wie wir ihn nannten, sich vor seinem gänzlichen verschwinden jahrelang in hamburg herumgetrieben hatte.

hast du ihn gesehen? fragte sie. ich weiß nicht, welcher teufel mich ritt, aber ich war, wie sie da mit ihrer offenen augenhöhle vor mir stand, nicht mehr in der lage zu erzählen, was ich in hamburg erfahren hatte, und behauptete stattdessen, ich habe den lois in wien gesehen.

wirklich? fragte sie. wann?

vor ungefähr zwei wochen, sagte ich. da ist eine gruppe von obdachlosen am eingang zur u-bahn gesessen. ich bin ziemlich sicher, dass der lois dabei war, habe es aber gerade sehr eilig gehabt. als ich zurückgekommen bin, ist ein teil der gruppe weg gewesen. leider war auch der lois nicht mehr da. ich habe noch in der umgebung nach ihm ausschau gehalten, ihn aber nirgends finden können.

ist er noch immer ein sandler, sagte sie. gehen wir hinein. du musst mir erzählen, wie er aussieht.

er sieht so aus, wie beim letzten mal, sagte ich. immer noch der vollbart.

dieser ungepflegte vollbart, antwortete sie. weißt du, warum er das macht? damit man seine narbe nicht sieht. komm mit ins haus und trink etwas.

ich bin mit dem lois zur schule gegangen. er war ein draufgänger, um den herum sich stets ein kreis bildete, wenngleich es auch schüler gab, die sich auf distanz hielten, weil ihnen daheim eingeschärft worden war, sich nicht mit diesem schlimmen buben abzugeben. er hatte schon im alter von zwölf jahren immer zigaretten bei sich und war bei

dorffesten gewöhnlich betrunken. einmal wurden er und zwei seiner freunde, die er angestiftet hatte, vom geld der dreikönigsaktion einen teil abzuzweigen, zum alleinigen thema der sonntagspredigt. seine eltern saßen schamrot in der kirche und wagten über wochen mit niemandem zu sprechen. der schuster gab dem pfarrer unter vielen entschuldigungen das geld zurück. er verbot seinem sohn, das haus zu verlassen, was nichts nützte. er schlug ihn, was nur dazu führte, dass er bald zurückschlug. der lois war zwar ein miserabler schüler, in wirklichkeit aber einer der cleversten von uns. während sein vater die felder noch mit einem pferdegespann bearbeitete, war der lois bei den nachbarn längst ein geschätzter traktorfahrer. er bekam ein wenig geld dafür, das er jedoch genauso schnell ausgab, wie er es verdiente.

an dem tag, an dem der lois seinen unfall hatte, wurde im dorf kirtag gefeiert. während unsere eltern und die verwandten aus den umliegenden dörfern bei der blasmusik saßen, machten wir kinder uns davon. der lois hatte beim fest ein paar bierflaschen abgezweigt. wir gingen in den bergwald hinauf und ließen uns dort, von den erwachsenen ungestört, zu einem kinderpicknick mit bier und zigaretten nieder. als unsere vorräte zu ende waren, begannen wir steine zu werfen. einer schug vor, einen weitwurfwettbewerb zu veranstalten. am waldrand gab es mehrere haufen mit steinen, die aus den umliegenden feldern gesammelt worden waren. manche stammten aus den letzten jahren, andere waren so alt, dass schon wieder bäume darauf wuchsen. wir füllten unsere hosensäcke mit steinen und kletterten dann auf einen der granitfel-

sen, die wie riesige alte wachhunde zwischen den bäumen thronten. wer seinen stein am weitesten werfen konnte, war der sieger dieser runde. einmal war unklar, ob der lois oder ein anderer gewonnen hatte. es kam unter uns betrunkenen kindern zu einer rangelei, in deren verlauf der lois das gleichgewicht verlor und vom felsen stürzte. er fiel so unglücklich, dass er sich an einer felskante die oberlippe in zwei teile riss.

nach dem ende seiner schulzeit begann der lois in der stadt eine konditorlehre. er ließ sich nur noch selten im dorf blicken, als schämte er sich für sein kleines elternhaus, in dem die mutter abend für abend den herrgott bat, er möge ihren sohn auf den rechten weg führen. eines tages kam der konditormeister aus der stadt, um nach dem verbleib seines lehrlings zu fragen. der war seit über einer woche nicht zur arbeit erschienen. die eltern hatten keine ahnung, wo er sein könnte.

bald danach kam eine ansichtskarte aus hamburg. der lois schrieb, dass er auf einem schiff angeheuert habe und schon bald in see stechen werde. er könne noch nicht sagen, wann es wieder möglich sein werde zu schreiben, aber er werde sich melden. und das tat er dann auch. aus panama schickte er eine karte, auf der ein großes kreuzfahrtschiff abgebildet war. er schrieb, es gehe ihm gut, er sei konditor auf diesem schiff und habe viel zu arbeiten. er werde sich wieder melden. es verging über ein jahr, in dem die karte mit dem kreuzfahrtschiff im dorf herumgereicht wurde. dann kam eine neue karte mit der ansicht des hamburger rathauses. der lois schrieb, es tue ihm leid, dass er sich so lange nicht gemeldet habe. er sei in schwierigkeiten

gewesen, habe das schiff gewechselt, und nun gehe es ihm wieder gut. die eltern atmeten auf. wenigstens hat er wieder arbeit gefunden, sagten sie. aber warum hat er keine adresse hinterlassen? will er nicht, dass wir ihm schreiben? sie konnten nicht ahnen, dass es die letzte karte war, die sie von ihrem sohn bekommen würden.

die schusterin ging mit mir zur scheune. drinnen stand ein kleiner steyr-traktor, ein gut vierzig jahre altes modell, das immer noch auf die rückkehr des lois wartete. daneben, auf holzstaffeln abgestellt, ein pflug, ein mähwerk und ein heuwender. eine schwarz-weiß gescheckte katze kam uns entgegen.

na mitzi, sagte die schusterin, wartest schon wieder auf dein essen.

die katze folgte uns, als wir durch den hinteren eingang in das blaue haus hineingingen. in der einfachen wohnküche war alles an seinem platz. in der abwasch stand ein halb mit kirschen gefülltes schwenksieb. auf dem tisch und an den fenstergesimsen lagen gehäkelte deckchen. es gab einen herrgottswinkel mit mehreren marienbildern und einem kruzifix, hinter dem palmkätzchen steckten. ich schaute mir das kreuz mit dem aufgenagelten jesus an und erinnerte mich, dass es in meiner kindheit viel bewundert wurde, weil es der schuster selbst geschnitzt hatte. die schusterin sagte: auch wenn das kreuz von meinem mann stammt, ich bete immer noch auf dem dachboden.

auf dem dachboden?

ja, dort ist noch der alte herrgottswinkel, den wir in der nazizeit haben abnehmen müssen. hier herunten hatten

wir ja das hitlerbild hängen. als kinder sind wir immer auf den dachboden beten gegangen, und ich mache das bis heute. ich komme gleich wieder, ich gebe nur schnell mein auge rein.

als sie weg war, setzte ich mich auf die bank, stand dann aber noch einmal auf, weil ich auf dem nähtischchen den alten hölzernen zitherkoffer erblickte. ich schob die beiden haken aus den ösen und öffnete ihn. die zither war mit saiten in verschiedenen farben bespannt. in den schwarzen korpus war um das schalloch herum ein kranz hellbrauner intarsien eingelegt. die innenseite des koffers war mit neuem samt ausgekleidet. ich steckte mir den zupfring an den daumen und schlug einen ton an. da kam die schusterin herein. nun hatte sie zwei augen, aber immer noch schaute ich auf das falsche auge, weil es zur seite schielte. ihr kopftuch hatte sie abgelegt und es sah ganz danach aus, als hätte sie auch die faschen wieder hochgebunden.

woher hast du eigentlich die zither, fragte ich.

aus wien, sagte sie. eigentlich habe ich mir als kind immer ein akkordeon gewünscht. aber es war ja krieg. selbst wenn irgendwo ein akkordeon aufzutreiben gewesen wäre, wir hätten kein geld dafür gehabt. da kam eine hamsterin aus wien. wir kannten sie gut, sie war schon öfter im dorf gewesen, um kleidung gegen lebensmittel zu tauschen. eigentlich war das hamstern damals noch verboten, aber der mann dieser frau arbeitete im wiener landesgericht und er kannte alle nazibonzen. so konnte ihr nichts geschehen. als sie bei uns war, erwähnte sie, dass sie daheim eine alte zither stehen habe. sie verlangte von meiner mutter drei kilo schmalz dafür, und meine mutter war einverstanden. die

hamsterin sagte, ich solle mit ihr nach wien mitfahren und die zither holen. das war im jahre 1944, ich war damals 14 jahre alt. ich freute mich so sehr auf wien. aber die freude sollte mir schnell vergehen. willst du nicht etwas trinken?

die schusterin hatte ribiselsaft, himbeersaft, bier und sauermilch zur auswahl. ich entschied mich für ein glas sauermilch. sie brachte aus der speisekammer einen tonkrug und nahm zwei häferl aus der küchenkredenz.

hat er abgenommen? fragte sie.

ich habe ihn ja nur kurz gesehen, sagte ich, aber ich glaube, er hat nicht abgenommen. er war so wie beim letzten mal. wie lange ist das her? zehn jahre?

das sind schon mehr als fünfzehn jahre, sagte sie. war er sehr ungepflegt? war er betrunken?

schau, sagte ich, sandler sind immer ungepflegt. sie können ja nicht einfach ins badezimmer gehen, um sich zu waschen. und die meisten trinken auch. aber ich habe nicht den eindruck gehabt, dass er betrunken war. du musst mir das mit der zither noch zu ende erzählen. du bist mit der hamsterin nach wien gefahren.

die schusterin hatte mir gegenüber am tisch platz genommen und uns beiden sauermilch eingeschenkt. da darf ich aber jetzt keine kirschen mehr essen, sagte sie, sonst krieg ich dünnpfiff.

was war in wien, fragte ich.

ein bombenangriff war. kaum waren wir am bahnhof angekommen, hörten wir schon die sirenen. wir mussten sofort in einen luftschutzkeller laufen. es war aber dann weiters nichts. wahrscheinlich ein fehlalarm oder feindliche aufklärer. als wir aus dem keller herauskamen, war es dun-

kel. stockdunkel. es gab keine straßenbeleuchtung, alle fenster waren verdunkelt, das war vorschrift. ich sah nichts von wien. dann kamen wir in die wohnung und ich kriegte meine zither. ich hab mich so gefreut darüber. die frau brachte mich zu meinem bett und sagte, ich soll die kleider daneben liegen lassen, schön der reihe nach, damit ich sie im falle eines bombenangriffs auch im finstern schnell anziehen kann. als ich schon eingeschlafen war, heulten plötzlich die sirenen. ich zog mich an und nahm die zither, aber die frau sagte zu mir, komm schnell und lass die blöde zither liegen. ich durfte sie nicht mitnehmen. als wir die stiegen hinunterliefen, krachte, rumpelte und wackelte schon alles. der keller war voll gestopft mit leuten. ein volksempfänger war eingeschaltet. es wurde gemeldet, dass noch mehr feindliche flugzeuge im anflug seien. es dauerte nicht lange, da ging ein schreckliches donnern und krachen los. die leute haben durcheinander geschrien, manche haben zu streiten begonnen. die hamsterin und ich saßen zusammengedrückt und beteten ein vaterunser nach dem anderen. unser haus ist verschont geblieben. aber in der früh wollte ich nur noch heimfahren, so schnell wie möglich mit der zither heimfahren. rundherum waren die häuser zerstört, überall rauch. die frauen und die feuerwehrmänner liefen mit schaufeln herum und versuchten zu helfen. das war mein wientag. ich bin nie wieder dorthin gefahren. sag, hat er traurig ausgesehen oder zufrieden?

eigentlich ganz zufrieden, sagte ich. die sind am boden gesessen und haben sich unterhalten. ich habe ihn ja erst im letzten moment gesehen und habe keine zeit gehabt umzukehren.

die schusterin rieb ihre rauen hände ineinander. dann stand sie auf und holte aus einer lade die drei ansichtskarten, die ihr der lois vor 35 jahren geschrieben hatte. auf der am meisten abgegriffenen und zerknitterten karte war ein großes kreuzfahrtschiff mit mehreren decks und zwei schloten abgebildet. darüber stand in roter schrift: la boheme. die kinderschrift auf der rückseite war kaum noch zu lesen. unterschrieben hatte er mit lois.

mein mann, sagte die schusterin, hat in seinen letzten beiden jahren, als er schon bettlägerig war, diese karten immer wieder gelesen. er hat nur noch einen sehnlichen wunsch gehabt, dass der lois doch noch zurückkommt. dass er ihn einmal noch wiedersehen kann. das ganze leben hindurch hat er sich vorwürfe gemacht. jeder streit, den er je mit ihm gehabt hat, ist ihm wieder eingefallen. er hat von nichts anderem mehr gesprochen. ich hätte ihn nicht schlagen sollen, hat er immer gesagt. und ich habe geantwortet, er war halt auch so schlimm, andere kinder sind auch geschlagen worden und es ist etwas aus ihnen geworden. aber das hat ihn nicht trösten können. er hätte es so gerne noch erlebt, dass er seinen buben wiedersieht. und jetzt bin auch ich bald am ende und werde es genauso wenig erleben.

ein jahr nach der letzten ansichtskarte hatte der schuster bei der gendarmerie eine suchmeldung eingeleitet. sie bewirkte zunächst nichts anderes, als dass der in einer hamburger unterkunft zurückgelassene pass mit dem foto des fünfzehnjährigen sohnes an die adresse der eltern geschickt wurde. dann verging über ein jahrzehnt, in dem

der schuster und die schusterin sich langsam mit dem tod ihres sohnes abzufinden begannen. sie dachten, er sei einem verbrechen zum opfer gefallen. eine zweite suchmeldung führte zu keinem ergebnis. doch dann, gegen ende der achtziger jahre, kam plötzlich ein anruf der gendarmerie. sie hätten vom deutschen bundesgrenzschutz die mitteilung bekommen, dass ihr sohn vor etwa zwei monaten den österreichischen behörden übergeben und in ein wiener auffanglager überstellt worden sei. plötzlich war der lois wieder dorfgespräch. niemand hatte noch daran geglaubt, dass er lebt. ich wohnte damals schon in wien und wurde von der schusterin gebeten, den lois ausfindig zu machen. das war gar nicht so schwer, wie ich am anfang gedacht hatte. nach ein paar telefonaten mit verschiedenen behörden wusste ich, dass er in einem wiener obdachlosenasyl im stadtteil favoriten lebte, gar nicht so weit von meiner damaligen wohnung entfernt. in meinem übereifer fuhr ich hin, ohne mir recht zu überlegen, was ich eigentlich von ihm wollte.

das haus war einer der üblichen wohnbauten der nachkriegszeit, mit kahlen fassaden und einer verglasten eingangstür. ein zerkratztes und mit eingeritzten zeichnungen versehenes messingschild wies das gebäude als männerheim der gemeinde wien aus. nach ein paar stufen gab es eine zweite tür, die in ein treppenhaus führte, in dem sich hinter einem offenen schubfenster auch eine portierloge befand. der portier rauchte. er hatte einen kleinen fernsehapparat vor sich. als ich ihm sagte, wen ich besuchen wolle, fragte er mich nach meinem namen und griff zum telefonhörer. er sagte: kannst du mir den lois zum telefon holen?

es dauerte eine weile, bis er wieder zu sprechen begann und meinen namen nannte. nein, sagte er, der steht hier vor mir. er will dich sehen.

offenbar war dem lois das nicht recht, denn der portier fragte mich: was wollen sie von ihm? ihn nur treffen, sagte ich, sonst gar nichts. wir sind gemeinsam zur schule gegangen.

der portier gab das so weiter, aber offenbar war der lois dagegen, mich zu treffen. ich sagte, sagen sie ihm, ich will ihn einfach nach so vielen jahren wiedersehen. sonst gar nichts. immerhin sind wir freunde gewesen.

der portier ergriff meine partei. er bezeichnete mich durch das telefon als einen alten hawara, den der lois jetzt nicht hier unten stehen lassen könne. nach einer weile legte der portier auf und sagte, ich solle in den dritten stock hinaufgehen.

die betonierte stiege war von einem eisengeländer eingefasst. im ersten stock musste ich ein stück den korridor entlanggehen. durch eine offene tür sah ich zwei männer, die in einem bett saßen und karten spielten. vom oberen stock war musik zu hören. als ich die nächste treppe hinaufging, wurde die musik unterbrochen und es meldete sich der schnellste verkehrsservice österreichs. auf der westautobahn richtung salzburg gab es bei der abfahrt mondsee einen fünf kilometer langen stau. ein mann mit langen haaren und einer grünen hose kam mir entgegen. die stiege war schmal, ich musste ganz an den rand ausweichen. der mann stank nach altem schweiß. im zweiten stock standen mehrere türen offen, hinter einer von ihnen war das radio laut aufgedreht. die obdachlosen von

wien hörten dem ö-driver felix zu, der aufgeregt über sein handy berichtete, dass auf der südosttangente in der hansson-kurve ein stecken gebliebener lkw den ersten fahrstreifen blockiere und dass es ein wahnsinn sei, wie lange es dauere, bis man an der stelle vorbeikomme. als ich die treppe zum dritten stock erreichte, fragte die frau vom schnellsten verkehrsservice österreichs, wie groß die verzögerung sei. felix antwortete: ich habe jetzt mindestens vier zigaretten geraucht. die frau meinte, da müsste ich jetzt mehr über sie wissen, sagen wir eine viertelstunde? mindestens, antwortete felix, ich bin ein langsamer raucher, eher eine halbe stunde. danke felix, sagte die verkehrsfrau, und in diesem moment schaute ein mann über das treppengeländer.

bei einer zufälligen begegnung hätte ich ihn nicht erkannt, aber hier wusste ich ja, nach wem ich suchte, und so fand ich in seinem gesicht auch schnell vertraute züge. er hatte einen vollbart, der die narbe auf der oberlippe aber nicht ganz verdecken konnte. seine kleidung stammte wohl aus einer karitativen sammelaktion. er trug eine dieser billighosen aus falschem jeans-stoff und ein kariertes flanellhemd, dessen ärmel er aufgekrempelt hatte. er schaute mich misstrauisch an.

servus, sagte ich. erkennst du mich noch?

klar, sagte er. was willst du hier?

dich wiedersehen und mit dir reden, sagte ich.

schicken dich meine eltern?

wäre das schlimm?

er zögerte, dann sagte er: komm mit in mein zimmer. mein kollege ist gerade fortgegangen.

er sprach stockend und zwinkerte immer wieder mit einem auge. das zimmer, in das er mich führte, enthielt zwei betten mit nachkästchen, einen wäschekasten und einen tisch mit zwei stühlen. es wirkte wie eine gefängniszelle, nur dass die fenster nicht vergittert waren. die tür ließ er offen stehen.

auf den betten lagen wäschestücke, ein wurstaufstrich, besteck, brot und leere bierflaschen. es roch nach bier und nach dem mann, dem ich auf der stiege begegnet war. ich saß dem lois am tisch gegenüber wie der pflichtanwalt dem häftling. sein misstrauen wollte nicht weichen. ich schob die schmutzigen trinkbecher, das plastikmesser und all das andere zeug, das auf dem tisch lag, beiseite, um meine arme aufstützen zu können. dann schlug ich dem lois vor, dass wir uns in lockeren abständen auf ein bier treffen könnten, und lud ihn ein, einmal zu mir zu kommen, was ich aber sofort bedauerte, weil ich angst hatte, er könnte mir die wohnung versauen und ich würde ihn nicht mehr loswerden. und so betonte ich vor allem die wirtshaus-variante. oder wir könnten zum heurigen rausfahren, sagte ich. er hörte sich das an, dann fragte er noch einmal: haben dich meine eltern geschickt?

du solltest sie besuchen, sagte ich. du kannst dir wahrscheinlich nicht vorstellen, was sie gelitten haben, als du dich nicht mehr gemeldet hast.

ich habe mich doch gemeldet, sagte er.

ja, aber das ist sehr lange her.

sag ihnen, sobald ich mein geld kriege, fahre ich heim.

welches geld?

die in hamburg schulden mir noch ein paar jahresgehäl-

ter. wie es aussieht, werde ich das geld bald kriegen, und dann bin ich ein gemachter mann. musst nicht denken, dass ich hier in dieser bude bleibe. ich habe die sache in hamburg nicht mehr erledigen können. weil ich keinen pass hatte, haben die mich ausgeliefert. aber bald habe ich alles geklärt.

das ist gut, sagte ich. da kann ich deine eltern beruhigen.

den letzten satz bedauerte ich, sobald ich ihn ausgesprochen hatte. nun saß ich erst recht da, als wäre ich der abgesandte seiner eltern. vor der tür erschien ein mann mit zerkratzter stirn. er fragte den lois, ob er mitkomme. warte einen moment, sagte der lois, ich komme gleich.

seine hände waren verdreckt. sie sahen nicht danach aus, als ob sie in den letzten jahren konditortätigkeiten verrichtet hätten. irgendwie musste ich das gespräch wieder in gang bringen.

warum haben die eigentlich deinen pass zurückgeschickt? fragte ich.

wegen der blöden suchmeldung meines alten. ich habe gerade das quartier nicht zahlen können und so habe ich als pfand meinen pass dort gelassen. als ich zurückkam, war die polizei da gewesen und mein pass war fort. die ganzen schwierigkeiten haben meine alten verursacht. warum haben sie mich nicht einfach in ruhe lassen können.

die kennen sich nicht aus, sagte ich. die haben halt angst gehabt, dass dir etwas zugestoßen ist.

plötzlich stand er auf. sag ihnen, wenn ich mein geld habe, komme ich auf besuch. bis dahin sollen sie mich in frieden lassen.

kann ich hierher anrufen? fragte ich.

ja, das geht. wenn ich da bin, holen die mich zum telefon.

gut, dann rufe ich dich in ungefähr zwei wochen an und dann gehen wir einen trinken.

einverstanden, sagte er. jetzt wirkte er nicht mehr so misstrauisch. ich war mir sicher, dass ich ihn von nun an in gewissen abständen wiedersehen würde. ich gab ihm zum abschied die hand. auf dem gang sagte er, na, dann rührst dich halt wieder, und ging in die andere richtung. bevor er in einem zimmer verschwand, schaute er noch einmal zu mir her. ich ging an der ö3-musik vorbei zur portiersloge hinab und sagte, wir haben 16 jahre lang vom lois nichts gehört, wie lange ist er jetzt eigentlich schon hier?

drei monate vielleicht, ich kann nachschauen, sagte der portier. er stand auf und griff nach einem ordner. der lois ist in ordnung, sagte er. da gibt es nichts.

stimmt das mit dem geld?

ich weiß nichts von einem geld, murmelte er, während er blätterte. hier hat keiner was. da ist er ja. in hamburg ohne papiere aufgegriffen. wie ich gesagt habe, das war vor ungefähr drei monaten. mehr steht da nicht.

wissen sie sonst noch etwas über ihn?

in diesem augenblick rief der lois vom treppenabsatz herunter:

du ziehst erkundigungen über mich ein?

nein, antwortete ich in meiner verlegenheit. ich wollte nur sicher gehen, dass ich deine eltern beruhigen kann.

hab mich gern, rief er mir zu, und: verschwind!

das tat ich dann auch. am wochenende fuhr ich ins dorf und erzählte seinen eltern von unserer begegnung. in ei-

nem fort stellten sie mir zwei fragen. ob ich glaube, dass er wirklich kommen werde, und ob ich das mit dem geld glaube. ich hatte in meinem leben die schusterin genug weinen sehen, und so ließ ich meine zweifel beiseite. damit mir der lois nicht noch einmal entkommen konnte, rief ich schon am nächsten tag, nur vier tage nach unserer begegnung, im männerheim an. der lois war nicht mehr da. ich suchte den portier auf. er schaute, als ob er es nicht gewusst hätte, wieder in seinem ordner nach und erklärte mir, der lois sei seit dem tag meines besuchs nicht mehr ins männerheim zurückgekommen.

die schusterin starrte auf ihr häferl, in dem sich noch ein rest sauermilch befand. ich hatte ihr nicht alles gesagt. ich hatte ihr nie davon erzählt, dass ich nach meinem besuch im männerheim noch mehrmals vergeblich versucht hatte, den lois ausfindig zu machen. er mied offenbar alle heime und fürsorgestätten, in denen die bewohner erfasst wurden. einmal fuhr ich nach mariahilf hinüber, weil ich gelesen hatte, dass es dort eine suppenküche für obdachlose gab. sie war im kellergewölbe einer kirche untergebracht und wurde deshalb gruft genannt. ich sprach mit einer der freiwilligen helferinnen, beschrieb ihr den lois mit seiner narbe an der oberlippe, und sie sagte, dass er öfter hier gewesen sei. von da an suchte ich immer, wenn ich in der mariahilferstrasse einkaufen war und ein wenig zeit übrig hatte, die gruft auf, ohne aber jemals den lois dort anzutreffen. und wenn ich auf eine gruppe obdachloser stieß, nahm ich sofort ihre lippen in augenschein, aber auch das war bislang vergeblich.

ich hatte der schusterin nichts zu berichten. warum der lois jeden behördenkontakt mied und auch auf die notstandshilfe verzichtete, war mir genauso ein rätsel wie seiner mutter.

ich sah den offenen zitherkasten auf dem nähtischchen stehen und sagte zur schusterin: kannst du mir etwas vorspielen? ich habe dich schon so lange nicht spielen gehört.

die schusterin holte die zither zum tisch, steckte sich den zupfring an den daumen und streckte ein paar mal die finger durch. dann begann sie übers bacherl bin i gsprungen zu spielen. wenn ihr das zusammenspiel der melodie- und der begleitsaiten misslang, wiederholte sie den takt.

schön, sagte ich, als sie fertig war. sie schob das instrument zur seite.

ich spiele jetzt jeden tag ein wenig. es ist wie weinen. seit der operation kann ich nicht mehr weinen. stattdessen habe ich ein brennen in den augen. dafür hat mir der herrgott die zither gegeben.

wo hast du eigentlich zitherspielen gelernt?

bei der frau flagl, sagte sie. gleich nachdem ich aus wien zurückgekommen bin, habe ich mich bei der frau flagl angemeldet. die hat mehrere schüler gehabt. wir haben mit lebensmitteln bezahlt. schmalz, frisch gebackenes brot, mehl, erdäpfel, möhren. ich bin jede woche zu fuß in die stadt gegangen. damals sind ja noch keine autos gefahren. hin und wieder hat mich ein pferdeschlitten mitgenommen. aber die waren auch selten, weil die meisten pferde in die wehrmacht eingezogen waren. weißt du, dass die frau flagl zwei amerikaner versteckt gehabt hat? das ist nach dem krieg rausgekommen. die müssen irgendwo in ihrem

haus gewesen sein, während wir zither gespielt haben. mit den lebensmitteln hat sie auch noch die beiden amerikaner ernährt.

wie sind die zur frau flagl gekommen?

im herbst 44 ist ein brennendes flugzeug über unser haus geflogen, so niedrig, dass ich geglaubt habe, es reißt uns den schornstein weg. und der himmel war voller fallschirme. das muss eine transportmaschine gewesen sein. unsere buben sind gleich hinausgelaufen zur absturzstelle. das flugzeug war leer. aber sie haben zigaretten gefunden und eine fremde schokolade. mein bruder hat einen propeller nach hause gebracht. und die amerikaner sind überall verstreut niedergegangen. einige waren schon tot, andere sind von den unsrigen erschlagen worden, andere erschossen, andere wurden verhaftet. und die frau flagl hat eben zwei von ihnen versteckt. das hat keiner gewusst. sie wäre sonst selbst dran gewesen.

zur frau flagl bist du doch sicher eine stunde unterwegs gewesen.

ach, fast zwei stunden. einmal habe ich ein glück gehabt. ich bin mit der zither heimgegangen. es war schon am abend und tiefer schnee. durch den zigeunerwald habe ich mich immer ein wenig gefürchtet, aber es waren eh keine zigeuner mehr da. trotzdem habe ich mich immer umgesehen. und dann musste ich ausgerechnet im zigeunerwald dringend auf die kleine seite gehen. aber am straßenrand waren die schneewächten so hoch. und dann kam ich zu einer stelle, wo spuren von der straße abführten. ich stapfte in diesen spuren zu einem baum, unter dem ein platz freigetreten war. dort hockte ich mich hin und verrichtete

schnell mein geschäft. dann ging ich zurück auf die straße. zum glück habe ich nicht nach oben gesehen. ich habe es erst am nächsten tag erfahren. auf dem baum hing der kaltenböck sepp.

wer ist das?

vom alten kaltenböck der bruder. er war auf fronturlaub, wollte aber nicht mehr zurück. und so hat er sich aufgehängt. wenn ich da nach oben geschaut hätte. du lieber gott, ich mag gar nicht daran denken.

sie trank von ihrer sauermilch und zog die oberlippe in den mund hinein, um sie zu reinigen.

wenn er nur heim käme, sagte sie. er muss ja nichts machen. wenn er nur da wäre. hier hat er es warm.

ich bot ihr an, die kirschen zu pflücken. sie war dankbar dafür, weil sie sich seit ihrem unfall auf der leiter unsicher fühlte. bevor wir aufbrachen, verschwand sie im schlafzimmer und band sich ihr kopftuch um. während wir durch die scheune zur wiese zurückgingen, überlegte ich, ob ich ihr erzählen sollte, was ich vor ein paar wochen in hamburg erfahren hatte. aber dann beschloss ich, es ihr lieber nicht zu erzählen, weil sie mir geld aufdrängen würde, dabei wäre nicht einmal klar gewesen, ob es wirklich die schulden ihres sohnes wären, die sie damit beglichen hätte. außerdem waren sie mir schon beglichen worden, wenngleich nicht mit geld, sondern mit schnaps.

ich war in st. pauli in ein altes gasthaus gekommen, das silbersack hieß. während die von zwei dicken prostituierten gefütterte jukebox spielte und ein paar heruntergekommene existenzen bier und schnaps tranken, kam mir der gedanke, ich könnte die alte wirtin nach dem lois fragen.

sie kannte keinen lois. aber sie erinnerte sich an einen österreicher mit einer lippennarbe, der al genannt wurde. al, wie alois, dachte ich, das könnte sinn machen. sie kramte in einer lade hinter der theke und zog ein altes schulheft hervor. während sie die brille aufsetzte und blätterte, kam sie näher.

hier, sagte sie, das ist er. er schuldet mir 75 mark. da war ich großzügig. normalerweile habe ich bei 70 mark schluss gemacht.

wann war das, fragte ich.

das geht weit zurück. wahrscheinlich noch siebziger jahre.

und das haben sie so lange aufgehoben?

die kommen doch alle wieder. eine zeit lang sind sie weg, irgendwo auf schiff, plötzlich stehen sie wieder im silbersack und haben geld. dann zeig ich ihnen ihre schulden. meistens haben sie es vergessen. aber der al ist nicht mehr gekommen.

ich zahl das, sagte ich. siebzig mark, das macht fünfunddreißig euro, hier ist das geld.

sie nahm das geld und spendierte mir einen schnaps. im laufe des abends kamen wir ins gespräch und sie gab mir dabei einen schnaps nach dem anderen aus, bis der betrag von 35 euro überschritten war. sie wusste nicht viel über al. sie erinnerte sich, dass er nie allein, sondern immer in einer gruppe kam.

vom schiff la boheme?

richtig, das waren die boheme-jungs.

kommt von denen noch einer?

nein. lange nicht gesehen.

sie fragte einen mann mit schnauzbart, der an seinem tisch der wortführer war, ob er noch mit einem der boheme-jungs kontakt habe.

nee, sagte er. die sind alle weg. der kasten ist doch damals verkloppt worden. nach amerika sind die gegangen.

nicht alle, sagte eine prostituierte. der al hat noch bei uns rumgemacht. bis er ein paar über die rübe gekriegt hat, dann war er weg.

was heißt weg?

nicht mehr aufgetaucht.

sie blies den rauch aus und fügte hinzu: eine fiese type.

ich hatte mir die leiter neu aufgestellt und pflückte kirschen in den senfkübel. die schusterin stand unten neben dem baum und sagte, sie könne mir nicht zusehen, ich werde herunterfallen.

du musst mir ja nicht zusehen, sagte ich. du kannst ja inzwischen hineingehen.

dann fällst du herunter und ich bin nicht da.

sie blieb stehen und schaute mir weiter zu. nach einer weile sagte sie: weißt du, was ich glaube? der loisl lebt gar nicht mehr. er ist im letzten winter gestorben. und zwar in der nacht vom 15. auf den 16. dezember. es war eiskalt. wahrscheinlich wird er erfroren sein.

wie kommst du darauf?

da hat es an mein fenster geklopft. mehrmals hintereinander. ich bin aufgestanden und habe hinausgesehen. aber da war niemand. das ist mir schon einmal passiert. damals war ich noch gar nicht verheiratet. da hat es auch so ge-

klopft und dann war niemand draußen. in dieser stunde ist mein großvater gestorben.

war das noch im krieg oder danach?

das war am 6. juli 1949.

damals sind doch jede menge flüchtlinge herumgezogen. und russische soldaten. da wird halt einer von ihnen geklopft haben.

nein, da war niemand. ich habe das schon oft gehört, dass man ein klopfzeichen erhält, wenn ein naher verwandter stirbt.

der lois kann nicht tot sein, sagte ich. wie hätte ich ihn denn sonst sehen können vor zwei wochen.

vielleicht hast du dich getäuscht, sagte sie. du bist ja nicht mehr zurückgegangen, um genauer zu schauen.

der senfkübel war voll. ich stieg die leiter hinab und gab ihn der schusterin. sie bedankte sich. ich sagte: den lois find ich noch. glaub mir, den find ich noch.

sie sah mich mit einem rot unterlaufenen auge an. ich gehe jetzt ausleeren, sagte sie. dann pflückst du dir den kübel noch einmal voll und nimmst ihn nach wien mit.

und das tat ich dann auch.

amerika
ein reiseepos

charon

nach nashville stand mein sinn. dort sollte ich amerikanische deutschlehrer unterhalten, indem ich ihnen vom sterben in österreich vorlas. aber noch saß ich fest in einem motel in pennsylvania. der elendslange kombiwagen, den ich am vormittag einem leichenbestatter abkaufte, war schon am nachmittag verschwunden. in dem auto, so der verkäufer, seien keine leichen, sondern nur kränze transportiert worden. sicherheitshalber taufte ich den wagen charon. nun schien es aber, als wäre charon ins jenseits durchgebrannt.

in meiner not wandte ich mich an eine polizeistation. sie hatte einen besuchertrakt von erstaunlicher schlichtheit: ein großer warteraum mit nichts als einem roten telefon. und ein paar menschen, darunter eine weinende mutter und ein weinendes kind. es dauerte eine zeit, bis ich an der reihe war. eine stimme sagte, schurrer mall, und nannte auch eine telefonnummer. aber leider hatten auch die besucher hinter mir nichts zum schreiben bei sich und so verlor die stimme ihre geduld.

ich lief durch die stadt, murmelte zahlen vor mich her und stieß zwischendurch die worte schurrer mall aus. da-

mals war ich noch auf telefonzellen angewiesen. die erste war zerstört, und als ich eine andere fand, stellte sich heraus, dass ich geld wechseln musste. immerhin hatte ich mir die nummer gemerkt. es hob jedoch niemand ab. ein mann, der den kopf schräg hielt, als ich ihn fragte, kannte die schurrer mall. aber er wusste nicht, wie ich ohne auto dorthin kommen könnte. er gab mir die nummer eines taxi-unternehmens. er sagte cab statt taxi, und ich war mir nicht sicher, ob da nicht eine dieser strech-limousinen kommen würde, wie michael jackson und madonna sie benutzen.

eine weile stand ich herum, da sah ich auf der anderen straßenseite eine bushaltestelle. auf dem fahrplan war die schurrer mall als endstation ausgewiesen. in dem moment, in dem ich den bus bestieg, musste es finster geworden sein. denn als ich dann aus dem busfenster hinausschaute, fiel mir auf, dass es nacht war. ich hatte die dämmerung versäumt.

wir fuhren aus der stadt hinaus und dann weiter auf der autobahn. ich war der einzige fahrgast. wollte denn sonst niemand zur schurrer mall? saß ich überhaupt im richtigen bus? ich ging nach vorne. excuse me, sagte ich, schurrer mall. der fahrer beruhigte mich. nur noch zwanzig minuten. ich solle mich wieder hinsetzen.

dann stand ich auf einem riesigen parkplatz, von dem gerade die letzten autos fortfuhren. bei den eingängen wurden die sperrgitter heruntergelassen. während meines langen marsches zur rückseite der schurrer mall gingen die lichter aus. so war wenigstens mein blödes gesicht nicht zu sehen. denn hinter der endlosen reihe von geschäften war nur ein anderer leerer parkplatz.

auf einer dunklen straße tastete ich mich die leitplanken entlang, bis ein auto stehen blieb und blau und rot zu blinken begann. ich wurde zu einem in der ferne sichtbaren lichtlein geschickt. es gehörte zu einer wellblechhalle. hinter einem halb offenen tor sah ich autos stehen. vorsichtig ging ich näher. es rührte sich nichts. ich ging durch das tor. plötzlich schaute ich in eine taschenlampe. niemand erschoss mich. ich hatte glück.

was machst du hier, fragte ein mann.

um sein gesicht sehen zu können, hielt ich die hand vor das licht. er trug eine rote baseballkappe mit der aufschrift foxy loxy.

ich suche mein auto, sagte ich.

hier bei mir?

ich weiß nicht. die polizei hat mich in diese straße geschickt.

ha, sagte er und schien sich plötzlich bestens zu amüsieren.

was heißt ha, fragte ich.

er ließ die taschenlampe sinken. abgeschleppt, sagte er. dafür ist jack zuständig. der wohnt da vorne, am waldrand.

ich bedankte mich und ging in die richtung, die er mir gewiesen hatte. als ich mich nach einer weile umdrehte, stand er immer noch vor der wellblechhalle. der strahl seiner taschenlampe huschte unruhig über den asphalt.

die straße endete an einem tor aus eisenstäben. ich läutete und wartete lange. ich läutete noch mehrere male, bis ich eine glühende zigarette auf mich zukommen sah. meine angst war unbegründet. jack freute sich derart darüber, dass ich josef heiße und aus österreich komme, dass

er meine hand gar nicht mehr loslassen wollte. umnebelt von marihuanawolken stolperten wir über einen waldweg, auf das bellen eines hundes zu. links und rechts standen autos zwischen den bäumen. jack zeigte mir die ausbeute des letzten tages. wir gingen die reihen auf und ab. jack bot mir eine zigarette an. am himmel standen die schönsten sterne, aber auf der erde stand nicht mein charon.

wir kamen zu einem haus, in dem jacks freundin oder mutter wohnte. ich durfte es nicht betreten, der hund hätte mich zerfleischt. mein auto, fand jacks freundin oder mutter heraus, sei am anderen ende der stadt. sie werde einen wagen rufen.

jack begleitete mich zum tor zurück, bot mir erneut eine zigarette an und ließ mich dann auf der straße allein. schon nach kurzer zeit kam ein abschleppwagen. als ich die beifahrertür öffnete, ging das licht an und ich sah eine rote baseballkappe mit der aufschrift foxy loxy. ha, sagte er und grinste mich an. aber das war alles, was er sagte. während der ganzen fahrt tat er so, als seien ihm die ohren abgefallen. wohin fahren wir überhaupt, fragte ich. er schaute geradeaus und antwortete nicht. und ich dachte daran, wie eine solche autofahrt in einem hollywood-film weitergehen würde. doch zu meiner überraschung brachte mich der foxy-loxy-mann zu charon. für vierzig dollar bekam ich ihn zurück. ich musste ihn nicht einmal aufsperren. wenn das autofahren hier so tückisch ist, dachte ich, sollte ich mit dem flugzeug nach nashville reisen.

nashville

bin ich jemals in nashville angekommen? mein ohr sagt ja, alle anderen sinne nein.

es begann damit, dass die stewardess behauptete, wir seien in nashville gelandet. ich schaute aus dem fenster und sah dasselbe gebäude, das ich immer sehe, wenn eine stewardess behauptet, wir seien irgendwo gelandet. ob am flughafen, im bus, im hotel, im taxi, in restaurants, in geschäften, im bett, die countrymusic war immer schon da. am schluss forderte sie mich sogar zum duell heraus. na, wo warst du? fragt mein ohr. aber ich traue ihm nicht. denn die musik kam zumeist aus der konserve, und die bands verfolgen einen rund um den erdball.

in meinem hotel herrschte eine klare arbeitsteilung. die frauen und schwarzen waren für meine reinlichkeit und für mein gepäck zuständig. die weißen männer waren dazu da, sich nach meinem wohlbefinden und nach meiner kreditkarte zu erkundigen.

ich hatte mich in der hotellobby verabredet, aber ich verirrte mich im urwald. auf verschlungenen pfaden inmitten tausender tropischer pflanzen kam ich zu einem wasserfall, an dem ich mir meine handgelenke kühlte, bevor ich berge überstieg, tunnels durchquerte, in ein zwergendorf geriet und mich schließlich erschöpft in einer schneelandschaft niederließ.

hinter mir stand eine friedliche familie und sang weihnachtslieder. zum dank drückte ich dem wackeren vater ein bierglas in die hand, mit dem er mir exakt alle fünf se-

kunden zuprostete. ein jung vermähltes paar nahm ihm das glas wieder ab und ließ sich vom weihnachtsmann fotografieren. über uns baumelten christbaumkugeln, so groß wie medizinbälle.

auf einer brücke traf ich meinen freund egon. fasziniert beobachtete er einen automaten, der in regelmäßigen abständen eine teetasse zum mund führte. doch plötzlich stand der automat auf und ging fort. da wollten wir klarheit haben und ließen uns von einem taxi ins stadtzentrum bringen.

wir erreichten athen, lange vor der sprengung der akropolis. das parthenon erstrahlte in alter pracht. nur die göttin athene, eine mordsjungfrau, sah etwas blass aus. ich strich um sie herum und blickte hoch zu ihr.

sie ist schwanger, sagte ich.

egon schien nicht zuzuhören. er studierte die inschrift einer marmortafel.

schau, die ist schwanger.

schwangere jungfrauen sollte man ignorieren, sagte egon. sie verheißen nichts gutes.

verstohlen klebte ich ihr einen kaugummi in die kittelfalte und machte mich davon.

war ich nicht in nashville? gibt es nashville überhaupt? oder ist nashville nur ein name für das geschäft mit schwangeren jungfrauen, kanariwäldern und weihnachtsmännern? doch die jungvermählten haben beweise. sie haben fotos der tropen, des parthenons und der winterlandschaft. zugegeben, das sind nur abbildungen. aber jungvermählte haben noch zutrauen zur wirklichkeit. sie denken, das abgebildete muss es wirklich geben. sonst gäbe es keine abbildungen.

alle glauben, das hauptgeschäft von nashville sei die produktion von countrymusic, das ist ein irrtum. bibeln sind es, bibeln und wieder bibeln. je mehr bibeln, desto wahrer das darin erzählte.

die countrymusic ist ein nebenerwerb. plötzlich kam sie durch die wände und es gab kein entkommen. ich musste meine lesung zu ende schreien. mein ohr sagt, nashville gibt es.

joe kovacs

auf dem rückflug machte ich bekanntschaft mit joe kovacs. er roch ein wenig abgestanden und hörte nicht zu reden auf. das wort wien, geburtsort seines großvaters, schien ihm zu genügen, um mir dessen ganze lebensgeschichte anzudrehen und dann auch noch die seines vaters. als er schon bei der eigenen lebensgeschichte angelangt war, hörte er mitten im satz zu reden auf. ich dachte, ich sei nun erlöst, drehte mich zur seite und stellte die rückenlehne tiefer.

hören sie etwas? fragte er.

was soll ich hören?

meinen hund. er ist im gepäckraum eingesperrt.

ich horchte, aber ich konnte keine hundegeräusche vernehmen. das freute ihn und er erzählte mir von der entdeckung seines lebens. die lag nun schon einige jahre zurück.

er hatte die nacht im riverside park verbracht. nicht al-

lein, doch der regen hatte die anderen vertrieben. am morgen hatte er sich gefühlt wie ein morscher windmühlenflügel. seine schachtel war durchweicht und das brot klebte im plastiksackerl wie fensterkitt.

am hudson river gab es aufgelassene docks, an deren pieren sich kühlschränke und fernsehgeräte ansammelten. verrostete autos lagen herum, ohne räder und türen. früher war da auch noch eine verwahrloste halle gestanden, um die man lange gestritten hatte, weil es darin eine wasserleitung gab. eine zeit lang wohnten junkies darin. doch als die auf die idee kamen, eine wassergebühr zu erheben, erschien eines nachts eine truppe aus harlem, und da blieb von der halle nicht mehr viel übrig.

die junkies, sagte joe kovacs, kamen an die wasserstelle zurück. dann machte er eine pause und fügte hinzu: auch wenn ihnen seither der wind durch die bärte bläst.

als joe kovacs überwachsenen eisenbahnschienen folgte und einen besseren aufstieg zum park suchte, stand er plötzlich vor dem höhleneingang. er traute sich nicht weit hinein, doch als er herauskam, fühlte er sich als der herr des tunnels.

er sagte, lord of the tunnel, und begann plötzlich laut zu lachen.

ein fester tunnel oder eine schmierige schachtel, das sei hundert und eins, habe er damals zu seinen freunden gesagt. er erzählte weiter, und ich sah ein paar verwahrloste gestalten vor mir, die sich mit einer rot leuchtenden baustellenlampe an einer felswand entlangtasteten. der tunnel machte eine kurve, dann war in der ferne das licht des anderen ausgangs erkennbar.

das ganze, sagte joe kovacs, war sehr enttäuschend.

doch dann, knapp vor dem anderen ausgang, entdeckten sie die fünf schlackenbunker, in denen früher offenbar die bauarbeiter gehaust hatten. joe beanspruchte den größten bunker für sich. ein paar wochen später standen ein kaffeetischchen, ein bett und ein sessel darin. die decke war mit weihnachtsdekoration verziert, auf einem kästchen saßen gut zwanzig stofftiere (sie wurden täglich mehr), an den wänden klebten bilder aus einem katzenmagazin, und auf den zerfransten teppichen hatten sich 15 katzen und ein hund niedergelassen.

nicht der im gepäckraum, sagte joe kovacs. ein anderer. hören sie ihn?

ich hob den kopf und horchte, oder tat jedenfalls so, als würde ich horchen.

hören sie ihn?

erst als ich verneinte, war er bereit weiterzuerzählen. die tunneljahre waren tierjahre, sagte er. die katzen hatte ihm seine mutter hinterlassen. ihre nahrung aufzutreiben und die vermehrung zu überwachen, das sei eine menge arbeit gewesen. seine freunde, die bunkernachbarn, seien ihm aber bald ausgewichen.

weil sie nichts arbeiten wollten, sagte joe. ich habe mein leben lang gearbeitet. das liegt in mir, das ist mein glück. ja, arbeit und ein hund.

die katzen nicht zu vergessen, sagte ich.

richtig, die katzen. meine selige mutter und ihre katzen. für die katzen hätte sie alles getan, nur mich hat sie dauernd abstechen wollen. darum bin ich ja fortgegangen, an den hudson river. wie man dort weiterkommt, hatte ich

schnell rausgekriegt. mit achtzehn war ich so gut im geschäft, dass ich eine wohnung mieten, heiraten, kinder haben und meiner mutter geld schicken konnte. wahrscheinlich habe ich ihr zu viel geschickt, denn sie hat mich verpfiffen. das waren damals sechs jahre ohne hund.

als ich herauskam, war ich geschieden. alles vorbei, keine frau, keine kinder. um sie zu sehen, bin ich manchmal in der früh im postamt gestanden, weil sie dort auf dem weg zur schule vorbeigekommen sind.

und sie wohnten im riverside park?

ja, im riverside park. die arbeit war längst neu aufgeteilt. ich bin ein pazifist. ich kann keinem tier etwas zuleide tun. aber damals war ich nahe daran, mir eine waffe zu besorgen. ich habe ja auch keinen hund gehabt. hören sie etwas? war das nicht ein bellen?

würden sie bitte den sitz hochstellen? fragte der mann hinter mir. kaum hatte ich es getan, kippte die lehne vor mir so weit zurück, dass ich nicht mehr wusste, wohin ich mit den knien ausweichen sollte.

überfall, sagte joe, hat es bei mir nur zweimal gegeben. beide male in not. und ich habe mich entschuldigt. aber wenn du heute einen absuchst, kann es sein, dass ihn hinter dir einer umlegt, um nachzuschauen, ob du etwas vergessen hast. das geschäft war nicht nach meinem geschmack. der tunnel war meine rettung.

sechzehn jahre, so erzählte joe kovacs, wohnte er im tunnel. am nachmittag ging er zum lieferanteneingang einer ganztagsschule an der upper west side, um die speisereste abzuholen. die küchenfrauen kannten ihn und hatten meist schon eine schachtel für ihn vorbereitet. wenn schul-

frei war, wurde die sozialhilfe knapp. im winter hatten joe und seine (ehemaligen) freunde sieben jahre lang ein ständiges lagerfeuer aus alten schienenschwellen unterhalten, dann war der tunnel leer geheizt. in der mulde entlang der eisenbahn hatte joe gemüse gepflanzt. doch die bahnstrecke war nicht elektrifiziert.

das gemüse, sagte joe, war so mit diesel angereichert, dass wir das salatöl sparen konnten. er lachte, und ich lachte mit, während sich der passagier vor mir alle mühe gab, noch tiefer in meinen schoß zu rutschen.

und dann, sagte joe, kamen eines morgens ein paar herren mit schutzhelmen. die katzen mochten keine eindringlinge. sie fauchten so laut, dass die herren gleich ein paar schritte zurückwichen. der hund lag friedlich in der ecke. er ist zu blöd, um feinde zu erkennen. ich sag immer, mein hund ist der einzige christ. oder kennen sie sonst noch jemanden, der seine feinde liebt? und jetzt muss er da unten im gefängnis sitzen. hören sie was? früher hat er immer gebellt. man hat ihn deutlich hören können. vielleicht kennt er die strecke schon.

wie oft ist er hier schon geflogen?

vielleicht 15-mal.

dann kennt er die strecke. der fühlt sich wohl da unten.

mein hund hat ein gutes herz, ein viel zu gutes herz.

wie ist das weitergegangen mit dem tunnel?

wo waren wir stehen geblieben?

bei den eisenbahn-leuten.

ja, die tauchten plötzlich auf. meine herren, habe ich gesagt, sie dringen hier einfach in meine wohnung ein. das sieht ganz schlecht für sie aus.

der tunnel gehört amtrak, hat einer geantwortet. hier wird eine neue eisenbahnlinie gebaut.

was hier gebaut wird, bestimme ich, habe ich gesagt. sie haben glück, dass sie noch am leben sind.

darauf einer mit schutzhelm: die polizei wird das klarstellen.

die presse wartet schon darauf, habe ich gesagt. was nicht stimmte, aber es war ein guter einfall. stellen sie sich vor, ein reporter der new york times ist gekommen. ich habe ihm alles gezeigt. wir haben barrikaden errichtet und transparente gemalt. aber die polizei blieb aus. ein paar wochen lang rührte sich überhaupt nichts. wir saßen nur herum und warteten. eines nachts, eigentlich war es schon in der früh, aber bei uns war ja immer nacht, wir hatten noch geschlafen, da war plötzlich dieser höllenlärm. zu dieser zeit war natürlich längst kein reporter mehr da. mit raupenfahrzeugen und presslufthämmern fielen sie über uns her. die aufgeschreckten katzen liefen als erste hinaus, wir hintennach. ein paar minuten später war von unseren behausungen nichts mehr übrig. kein einziger polizist war gekommen.

was war das? das war doch ein bellen. da. hören sie? der flügel, sagen sie? ein flügel bellt?

es gab eine durchsage. aus den tragflächen wurden die landeklappen ausgefahren, und die sitzlehne vor mir erhob sich aus meinem schoss.

er heißt übrigens hund, sagte joe kovacs. einfach hund.

und jetzt, fragte ich. was machen sie jetzt?

ich fahre zurück auf die farm.

sie haben eine farm?

ich habe keine farm, ich arbeite auf einer farm. auf einer ziemlich guten sogar. der ist es gelungen, safran im glashaus zu züchten. und ich bringe das zeug einmal im monat zum großmarkt nach nashville.

als das flugzeug aufsetzte, sagte joe kovacs: ist eigentlich ein schönes leben auf der farm. jedenfalls besser als ein tunnel. kennen sie new york?

morgen will ich hinfahren.

das ist eine stadt. die beste stadt der welt. ja, new york fehlt mir. mehr noch als die katzen.

was ist aus denen geworden?

die laufen jetzt irgendwo im riverside park herum. aber was soll ich klagen, ich habe ja hund.

plötzlich war mir, als würde ich ein bellen hören. unwillkürlich blickte ich joe kovacs an, aber der schien diesmal nichts bemerkt zu haben.

gutes altes bud. ein rap

ich setzte mich ins auto und fuhr richtung osten
in die stadt der tunnelmenschen, in die stadt der luftbewohner,
in die stadt, in der alle träume etwas kosten.
eine gute tagesreise, weiter war es nicht, leider,
doch ich fühlte mich wie ein easy rider.
zwar wirkte ich von außen gesehen etwas proper,
doch im herzen, da war mir, als wär' ich dennis hopper.
davon träumte ich länger als zwanzig jahr,

einmal mit dem motorrad durch die usa.
zugegeben, nicht nur mein kopf, auch mein traum hatte
haare gelassen.
statt einer harley davidson fuhr ich einen wagen der mitt-
leren klassen.
aber wenn ich die fenster hinunterdrehte
und den körper über das lenkrad lehnte,
fühlte ich, wie meine seele sich dehnte
und hinauswuchs über die krumme natur
und flügel bekam und zu schweben begann.
ob motorrad, ob auto, war plötzlich einerlei,
und die weite welt strich an mir vorbei
nur wer in bewegung ist, fühlt sich frei.

es muss so an der grenze zu new jersey gewesen sein,
da füllte ich ins auto gut dreißig gallonen ein.
ich war abgefahren von der autobahn,
weil das benzin ausging und eine tankstelle kam.
ein heißer, trock'ner wind fuhr mir ins gesicht,
voll mit dieseldampf und staub und sand und einem
gedicht
von der fahrt durch die rote, steinige wüste,
unendlich weit zur kalifornischen küste.
da sah ich direkt vor mir
ein schild mit der aufschrift budweiser bier.
das swingte, das rockte, das war ein hiphop,
das war chicago blues und dixieland und woodstock pop.
ich war bester stimmung und genehmigte mir
eine dose gut gekühltes budweiser bier.
bud, bud, gutes altes bud,

das zwar grauslich schmeckt, aber irgendetwas hat.
ich setzte mich ins auto, begann bier zu saufen,
schloss das fenster und ließ die klimaanlage laufen.
ich warf die dose in die luft, ich fing sie wieder auf,
ich drückte meine wange auf das feuchte aluminium drauf.
bud, bud, gutes altes bud,
das zwar grauslich schmeckt, aber irgendetwas hat.
sollte ich alles noch echter machen?
einen hamburger holen und ähnliche sachen?
wieder musste ich an dennis hopper denken,
ich sah ihn von weitem die heiße ware schwenken.
er sagte zu mir, willst du mit mir gehen
und dir einen joint wie ein ofenrohr dreh'n?
get-your-motor-running dennis hopper war nicht hier,
aber herrlich gurgelte das budweiser bier.
ich streckte mich durch und dachte dabei,
bring die seele in bewegung und du fühlst dich frei.

da klopfte es plötzlich an der autotür,
ein cop, ein cop, ein cop stand vor mir.
mit cowboyhut, pistole und funkgerät,
mit handschellen, schlagstock und patronenset.
ein cop mit sheriff-stern, ein cop mit biss,
ein cop, der mich aus den träumen riss.
es war wie wenn ein gangster aus der leinwand steigt
und unten im saal seine schießkünste zeigt.
sofort war mir klar, jetzt bin ich dran.
irgendetwas hab' ich sicher falsch getan.
besitz ich überhaupt einen führerschein?
blinken die blinker? wirft der scheinwerfer schein?

habe ich eine bank überfallen?
ein kindlein entführt? oder gleich allen
schaden zugefügt als umwelttäter,
blumenzertreter, sauerstoffverbraucher
und kettenraucher. oh wie ich mich hasse,
als ich endlich erfasse, dass ich sauerstoff verprasse,
weil ich im stand den motor laufen lasse.
oh wie ich mich hasse, hasse, hasse.
die schöne stadt new york war schon zum greifen nah,
doch nun greift ein cop nach mir, ein cop ist da.
von freiheit vergeht dir jedes gespür,
hast du einen cop vor der autotür.
weg hier, nur weg hier, wie komm ich hier bloß weg?
der cop starrt herein, und ich denke, nichts wie weg.
ich geb' mir einen stoß, trinke einen schluck bier,
dreh' das fenster herunter, schau dem mann ins visier.
bewegung, bewegung, bewegung mal drei!
steht ein cop vor der tür, macht nur bewegung dich frei.

ich gebe alles zu, ich bekenne mich schuldig.
verzeihen sie, verstehen sie, horchen sie und bleiben sie
  einen augenblick geduldig.
dann versuchte ich in bestem österrenglisch zu sagen,
dass ich schon im begriffe war weiterzufahren.
umso schlimmer, umso schlimmer, antwortet der cop.
auch noch weiter-, weiter-, weiterfahren, wundert sich der
  cop.
steigen sie aus, befiehlt mir der cop.
da war mir klar, die party wird nicht nett.
ich stellte das bier aufs armaturenbrett.

der typ sah nicht aus, als machte er witze.
der typ lief heiß, und in brennender hitze
sind bei einem hauch von widerstand
schon so manchem die sicherungen durchgebrannt.
von zeit zu zeit da braucht ein mann
einen mann, auf dem er herumtreten kann.
ich spielte eine kleine schüchterne maus
und stieg langsam, aber folgsam aus dem auto aus.
ich wollte ihm freundlich das händchen geben,
doch ich musste die hände auf das autodach legen.
cop, du hast mir die taschen geleert.
cop, du hast meine hoden versehrt.
cop, du hast meine beine betastet.
normalerweise lieb' ich das und wäre ausgerastet.
doch diesmal war es anders, weil, ja weil,
wenn ein cop die schenkel streichelt, werde ich nicht geil.
ich steckte den kopf in die achselhöhle rein
und roch an mir. ich stank wie ein schwein.
der cop umkreiste ein paar mal den wagen,
schaute alles an, aber hatte keine fragen.
öffnete ungeniert den kofferraum,
kramte drin herum, hielt mich weiter dumm.
hey, sagte ich, ich will ja alles sagen,
sie müssen mich nur fragen.
er wühlte herum in meinen unterhosen,
coladosen, büchern und losen
beschriebenen zetteln und blättern, was ihn
besonders zu interessieren schien.
vorsicht, sagte ich, das ist ein gedicht!
er blätterte weiter, er beachtete mich nicht.

er wiegte ein paar mal den kopf hin und her.
ein gedicht, sagte ich, ich hab' davon noch mehr.
interessieren sie sich für die poetische sache?
meine texte sind nur leider in deutscher sprache.
doch lassen sie, herr sheriff, mich auf der stelle los,
übersetz' ich ihnen zwei gedichte kostenlos.
sie sind doch ein freund der literatur?
halt das maul, sagte er, du redest nur
wenn ich dich frage! lass' die hände auf dem dach
und bleib' in dieser lage, bis ich es sage!
auf dem autodach wurde es langsam heiß,
inzwischen war mein ganzer köper voll schweiß.
er tropfte aus den achseln, er rann über den nacken,
er lief mir aus den haaren und zwischen die arschbacken.
es gibt einen schweiß, der kommt aus der bewegung,
er stört nicht weiter, sondern steigert die erregung.
und es gibt einen schweiß, der kommt vom ruh'n,
der unendlichen mühe, nichts zu tun.
er stinkt penetrant und erinnert dich dabei,
nur wer in bewegung ist, fühlt sich frei.

wollte alles erklären, wollte alles gesteh'n,
doch dem cop war das egal,
der cop der blieb formal,
der cop ließ mich nicht reden, aber ließ mich auch nicht
  geh'n.
was hat mich, fragte ich, in diese lage gebracht?
was hab' ich falsch gemacht? was hab' ich falsch gemacht?
da der sheriff meine frage weiter überhörte,
da den sheriff meine frage überhaupt nicht störte,

begann ich sie zu schreien: was hab' ich falsch gemacht?
was hab' ich falsch gemacht?
das, brüllte ich, das ist ein freier staat?
ich hatte gerade ein paar schimpfworte parat.
die schrie ich heraus, die dröhnten übers land,
doch da nahm der polizist den knüppel in die hand.
bravo, brüllte ich, alte pekingmethode!
kommt jetzt offenbar auch in amerika in mode!
bravo, brüllte ich, und ein cop, rau wie ein riff!
woraufhin der sheriff zu den handschellen griff.
da klickte es, da klackte es, da steckte ich im eisen,
da war es vorbei mit den easy-rider-reisen.
er führte mich zu seinem blinksirenenblitz
und stieß mich hinein auf den beifahrersitz.
woher kommen sie, fragte er. ich mit verwirrtem sinn
wollte nashville sagen, sagte aber wien.
der sheriff schaute mich lange an,
er schaute, bis er zaghaft zu lächeln begann.
sein blick war plötzlich so familiär,
als zeigte er mir gleich seine kinderfotos her.
schließlich zog er etwas aus dem handschuhfach,
es war rund, es war schwarz und es war flach,
es war aus stoff, und es hatte in der mitte einen zipfel.
der cop packte es an diesem wollfadenwipfel,
hielt es und drehte es und fragte: was ist das?
eine baskenmütze, sagte ich, béret de basque.
irrtum, sagte er, ich bin doch kein baske,
das ist keine maske,
sondern eine echte wiener pullmankappe.
die hat einst meinem großvater gehört.

er hat sie mir, bevor er gestorben ist, verehrt.
die nazis haben alles meinem grandpa genommen,
doch er ist mit dieser pullmankappe angekommen.
er hat mir die pullmankappe gegeben.
und er hat dabei gesagt: mein junge, das leben
funktioniert auch ohne haus, ohne heimat, ohne topf,
doch es funktioniert nicht ohne kopf.
gedanken, mein junge, sind stärker als minen,
schießen weiter als gewehre, sind mächtiger als heere,
dich daran zu erinnern, soll die pullmankappe dienen.
mein großvater hat den nazis nie verzieh'n,
mein großvater fuhr nie mehr nach wien.
der sheriff begann plötzlich vor sich hin zu stieren,
der sheriff hat die lust verlor'n an meinen papieren.
der sheriff begann vor sich hin zu sinnieren.
man sagt, sagte er, die nazis waren schweine.
er warf mir den führerschein auf die beine.
versteh'n sie, sagte er, damit komm ich nicht ins reine:
die getrimmten menschen in der nazipartei
nannten sich bewegung und fühlten sich frei.

mein grandpa, sagt der cop, konnte wien nicht vergessen.
mein grandpa, sagt der cop, war geradezu versessen
von den vielen, verlogenen wienern zu erzählen,
die zuckersüß reden und dich hinterher quälen.
mein grandpa, sagte der cop, hat mich gewarnt
vor dem menschentyp, der demokratisch getarnt
durch die weltgeschichte geistert mit kulturtradition.
wenn es ernst wird, so der grandpa, war der wiener immer schon

auf der seite, die mächtiger und stärker ist,
denn der wiener, so der grandpa, ist ein opportunist.
opportunist, sagt der polizist,
opportunist, er wollte wissen, was das ist.
letztes jahr, sagt der cop, ist die gelegenheit gekommen
und ich hab an einer reise durch europa teilgenommen.
eine gruppe polizisten sollte ostwärts zieh'n,
die verhältnisse studieren, von amsterdam bis wien.
zu den opportunisten von wien
zog es den polizisten aus new jersey hin.
und es redete der cop, er redete und redete.
gibt es nicht einen menschen in amerika,
dessen großvater kein wiener war?
er persönlich, sagt der cop, könne über wien nicht klagen,
ja, er sei auf diesen drei polizeireisetagen
zuvorkommend behandelt worden, freundlich und fein.
nur eine merkwürdigkeit fiel ihm ein:
die wiener kollegen tranken sehr viel wein.
doch nirgends stieß er auf des großvaters qual
und polizeilich gesehen sei die stadt ideal.
kaum morde, sagt der cop, und er konnte es nicht fassen,
in der nacht fand er frauen allein auf den straßen.
die stadt, sagte der cop, ist wie ein paradies,
keine slums, wenig drogen, seltsam sei nur dies,
die menschen, so der cop, er redete, er redete
– verwechselte wahrscheinlich schon wien mit paris –
die menschen klemmen stangenbrot unter ihren arm,
so kriegen sie's vom bäcker, so halten sie es warm.
er persönlich, sagt der cop, könne über wien nicht klagen,
aber brot, ohne hülle unterm nackten arm getragen,

ergebe kein hygienisches gericht,
und menschen, die das machen, denen traue er nicht.
doch dann war es aus, er sah zum fenster hinaus,
zur tankstelle und zu den fast-food-bauten,
zu den menschen, die zu uns herüberschauten.
er war schweigsam geworden, der cop, wie ein grab,
und nahm mir plötzlich die handschellen ab.
grüßen sie mir wien, sagte er dabei.
jetzt haben sie bewegung, jetzt sind sie wieder frei.

ich nahm mir keine zeit auf wiederseh'n zu sagen,
ging durch dieseldampf und staub und sand zurück zu
meinem wagen.
doch dann drehte ich mich um und lief das stück
zum blinksirenenauto des sheriffs zurück.
was hat mich, fragte ich, in diese lage gebracht?
was hab ich falsch gemacht? was hab ich falsch gemacht?
er lehnt sich herüber, und er öffnet eine klappe,
er verstaut dahinter seine pullmankappe.
was sie falsch gemacht haben? das wagen sie zu fragen?
er schüttelt seinen kopf. sie haben nichts verstanden.
aber wollen sie hier nicht im gefängnis landen,
wollen sie zurück an ihren schönen ort,
dann rat' ich ihnen, werfen sie die bierdose fort!
erneut ging ich zurück –
durch dieseldampf und staub und sand und all den heißen
sommermief
zurück zu meinem wagen, wo immer noch der motor lief.
wo auf dem armaturenbrett die bierdose stand,
die nahm ich zur hand und warf sie übers land.

bud, bud, gutes altes bud,
das zwar grauslich schmeckt, aber irgendetwas hat.
scheiße, dachte ich, einmal im leben wollte ich mich wie dennis hopper geben,
und ausgerechnet dann geht es gründlich daneben.
der cop war fortgefahren, meine stimmung war vorbei.
ich war endlich in bewegung, doch ich fühlte mich nicht frei.

riverside park

bevor ich nach new york aufgebrochen war, hatte ich noch schnell die kovacs-geschichte in den computer getippt, um sie später erzählen zu können. selbst habe ich natürlich nichts daraus gelernt. aus meinen geschichten sollen die anderen lernen. das ist mein prinzip. manchmal kommt es mich teuer zu stehen. hätte ich die charon- und die kovacs-geschichte nicht nur für künftige leser, sondern auch für mich selbst in einen zusammenhang gebracht, dann wäre mir zumindest eines klar geworden: in der nähe des riverside parks darf ich charon keinen moment aus den augen lassen.

joe kovacs, der mann mit dem hund namens hund, hatte nach dem gefängnis keinen einstieg mehr in seine alten geschäfte gefunden und sich in sein altenteil, in den tunnel, zurückgezogen. ich habe aber vergessen, ihnen zu sagen, welcher art diese geschäfte waren, denen joe kovacs am

hudson river nachging: kleinkriminalität. detailhandel mit gestohlenen autos und anderen beweglichen gütern. als er nach sechs jahren aus dem gefängnis kam, fand er statt der kleinen freiluftgreißlerei eine organisierte zulieferung an kriminelle großbetriebe vor. aus freien räubern, die sich die arbeitszeit nach eigenen bedürfnissen eingeteilt hatten, waren untergrundproletarier geworden, die an irgendwelche bosse aus brooklyn eine vorgeschriebene stückzahl ablieferten. da das räuberhandwerk keinen goldenen boden mehr hatte, flüchtete joe kovacs vom gesellschaftlichen untergrund in den echten.

ich kam zu später nacht in new york an. trotz der komplikationen, in die mich unterwegs eine bierdose gebracht hatte, fühlte ich mich in new york gleich wie zu hause in wien, denn ich fand keinen parkplatz. während ich einem doorman klarzumachen versuchte, dass ich in mary beths wohnung nicht der einbrecher, sondern der gast sei, trug draußen ein polizist charons besondere kennzeichen auf einen strafzettel ein. die ersten fünf minuten new york bekam ich zum weltstadtpreis von 60 dollar. die polizei war noch da, aber sie ließ nicht mit sich reden. mary beth in pittsburgh oder minnesota und weit und breit kein wiener großvater, um mich zu beschützen. ich fuhr um ein paar häuserblocks und wurde schließlich auf einer abschüssigen straße fündig. am nächsten tag war charon verschwunden. am rande der angrenzenden grünfläche stand eine schiefe steintafel. die inschrift: riverside park.

auf der polizeistation herrschte eine stimmung, als hätten alle auf einmal den blauen brief bekommen. es war ein großer raum mit vielen offenen kojen und einem getränkeautomaten. niemand schien von dem, was er hier machte, überzeugt zu sein. die gäste nicht, die entweder freiwillig hierher kamen oder in handschellen bei der tür hereingestoßen wurden, aber auch nicht die polizisten, die herumhingen, als wäre ihnen vor dem eintritt ins nichtraucherparadies die letzte zigarette verwehrt worden. man konnte sehen, wie stramme cops, die draußen auf der straße gerade ihren mann gestanden hatten, förmlich in sich zusammenfielen, wenn sie den raum betraten. sie begaben sich hinter die schreibtische und fingen zu dösen an. allerdings mit offenen augen, wie krokodile es tun. in der mitte des raumes kauerte, auf einen haufen geworfen, das kriminell auffällig gewordene aktenmaterial, für das niemand zuständig zu sein schien. eine polizistin war von so schwabbeliger fülle, dass ihr die wangen wie große ohrgehänge um den hals pendelten. statt eines schreibtischstuhls benutzte sie eine sitzbank. an den wänden hingen schilder, manche gedruckt, manche handgeschrieben, die bekannt gaben, wie man sich im leben zu verhalten habe. in den kojen wechselten die polizisten ein paar worte. aber sie klangen, als müssten sie sich in einem wettbewerb für den witzlosesten menschlichen umgang bewähren. gelegentlich schrie einer. das verursachte keine besondere aufregung. die schreie waren kurz und routinemäßig. der beamte, der charons daten in den computer tippte, ließ sich ständig von wichtigeren dingen ablenken. immer, wenn die tür aufging, hörte er für fünf minuten

zu schreiben auf und studierte die neue lage. mir fiel ein, dass charon in der antike zwischen ober- und unterwelt hin- und hergependelt war.

besteht eine chance, fragte ich, das auto wiederzubekommen?

doch da kam nachschub und der polizist hörte auch noch zu hören auf. ich musste die frage noch einmal stellen.

wir werden es nicht einmal suchen, sagte der polizist.

da schaute auch am nebentisch ein mann verschreckt auf. er hatte gerade begonnen, den diebstahl seines wagens zu melden.

wenn das so ist, dachte ich, dann kann ich mich ja beruhigen.

wo sind die papiere? fragte der polizist. und da war es mit der ruhe schon wieder vorbei.

metropolitan

als mich der beamte nach meinen papieren fragte, wurde mir schlagartig das ausmaß meines dilemmas bewusst. ich hatte (nach der budweiser-affäre) die mappe mit allen einladungen, adressen und dokumenten, samt pass, terminkalender und kreditkarte in das handschuhfach gelegt, um sie im falle neuer überraschungen sofort zur verfügung zu haben. doch am abend war ich so mit meinem ärger über das strafmandat beschäftigt, dass ich die mappe im handschuhfach liegen ließ. ich war ohne identität.

die lage war nicht aussichtslos. denn immerhin trug ich, der empfehlung eines reisebuchs folgend, unter dem t-shirt eine geldreserve von zweihundert dollar. das reichte, um zu onkel sidney nach ohio zu fahren. onkel sidney ist kein richtiger onkel von mir. er ist viel mehr als das.

das beste an wien, meint onkel sidney, sind die schlapfen, die er sich dort vor zwanzig jahren gekauft hat und heute noch trägt. onkel sidney liest die jerusalem post und wiegt dabei bedächtig den kopf. onkel sidney liest die new york times und wiegt dabei bedächtig den kopf. lachen sieht man ihn nur, wenn er eine österreichische zeitung liest. aber sie machen gute schlapfen, sagt er dann. onkel sidney, da war ich sicher, würde mir weiterhelfen. er würde tausend briefe für mich schreiben, wenn nur einer davon mir nützen könnte.

ich setzte mich in die u-bahn und fuhr down-town. zufällig war ich in den ersten wagen eingestiegen. dort, wo eigentlich die fahrerkabine sein sollte, war ein fenster, durch das man in den u-bahn-schacht hinausschauen konnte. die fahrerin war rechts davon in einer art toilette eingeschlossen. an manchen stationen steckte sie den kopf heraus. vielleicht wollte auch sie wissen, ob jenes menschenbündel, das unter einer braunen, dreckigen decke zusammengekauert lag und die stöße und schwingungen des waggons nachfedern ließ, auch zu eigenen bewegungen in der lage war. dann tauchten wir wieder hinein in die gespenstischen windungen des u-bahn-schachts, dessen eisenpfeiler und traversen im spärlichen licht des scheinwerfers vorbeiglitten. etwa ab der 14. straße waren die schwellen in der mitte geteilt und machten einem schwarzen, schmierigen bächlein platz,

in dem sich zwischen dosen, plastikbehältern und aufgeweichten zeitungen der rattennachwuchs vergnügte.

an der houston street stieg ein mann in schwarz-weiß gestreiften lackschuhen zu. auf dem kopf trug er eine purpurrote mütze. er verteilte minibibeln und las zwischendurch abschnitte daraus vor. dann setzte er zu einer längeren predigt an, wobei er kreuz und quer durch den waggon lief und jeden einzelnen fahrgast zu überzeugen suchte. kaum jemand hörte zu. einige hatten einen walkman auf dem kopf. auch das menschenbündel rührte sich nicht. ich wollte ursprünglich an der canal street aussteigen, doch ich war so fasziniert vom leben unter tag und vom blick aus der fahrerperspektive in das höhlensystem von new york, dass ich den ganzen tag im u-bahn-netz verbrachte.

am sheridan square stieg ich über verbrunzte stiegen in die oberwelt hinauf. dabei kam ich an zwei männern vorbei, die mit flinken spachtelstichen die fliesen vom metro-aufgang lösten und in reisetaschen verstauten. der stadtteil war voll von schwarzen bettlern. unter ihnen war ich könig, und so ließ ich nach herzenslust die zum telefonieren gesammelten quarters in die joghurt-becher klingeln. die bettler bedankten sich nicht einfach, sondern sie wünschten mir gottes segen. das gefiel mir und ich blieb großzügig. aber schon nach zwei oder drei häuserblocks waren meine münzen zu ende und ich musste in eine bar gehen, um die unter dem t-shirt verborgenen scheine zu wechseln.

wäre ich bei dem vorsatz geblieben, mein unglück mit den bettlern zu teilen, hätte ich allein nach dem weg durch die bleecker street onkel sidney nicht einmal mehr anrufen

können. unweit der macdougal street ging ich in ein musik-cafe. michael power und seine band spielten lauten funk.

das lokal war voll gestopft mit menschen. hinter der bühne hingen zwei amerikanische flaggen. dazwischen war ein großes ölgemälde, das einen eingeschlagenen kopf darstellte, sein gehirn hing über das blutige gesicht herab. ich fand platz neben einem mädchen mit kunstvoll abstehenden schwarzen haaren, die mich in den ohren kitzelten. immer wenn ich hinsah, lachte sie mich an. ich fragte sie, warum sie mich immer anlache. sie sagte, weil ich dich mag. ich sagte, aber du kennst mich doch gar nicht. da lachte sie wieder, drückte ihren weichen busen an meinen arm und fragte: ist das nötig?

sie heiße jessica. sie sei ein menschenmensch, sagte sie, sie komme mit allen gut zurecht. sie spiele kontrabass. auch in diesem lokal sei sie schon einmal aufgetreten.

während einer pause kamen die schwarzen musiker nacheinander zu jessica und küssten sie. jedem stellte sie mich vor. ich erzählte ihr die geschichte von charon. sie sagte zwischendurch in wechselnder reihenfolge: oh my god! jesus christ! my goodness! i am dying! und sie kannte onkel sidney. sie hatte nämlich am konservatorium in oberlin studiert und onkel sidney immer die haare geschnitten. ich dürfe jetzt nicht nach europa zurückfahren, sagte sie. das passiere jedem einmal, dass ihm alles gestohlen werde, davon dürfe man sich nicht beeindrucken lassen. sie fragte mich, wie viel geld ich noch habe. dann drängte sie sich zu einem muskulösen mann durch, der offenbar aus der karibik stammte und dessen haarpracht der

ihren nicht unähnlich war. sie redete lange auf ihn ein. ich sah ihn immer nur den kopf schütteln.

jessica kam zurück und umarmte mich. er hat eine karte, sagte sie, mit der du ein jahr lang durch die usa fliegen kannst. aber er will tausend dollar dafür. du musst etwas zulegen.

als der funk wieder einsetzte, jessica mich mit den haaren im ohr kitzelte und anlachte, kam mir die vorstellung, ein jahr lang durch die usa zu fliegen, immer interessanter vor. wenn man im u-bahn-netz wohnen kann, warum sollte es nicht auch im flugnetz gehen. dort wird einem sogar noch essen serviert, und toiletten gibt es auch.

der einzige gegenstand von wert, den ich besaß, war ein laptop. als jessica ihn anbot, sah ich den mann aus der karibik nicken. sie kam zurück und sagte: ein laptop, hundert dollar und ein foto. morgen bist du deine sorgen los.

ich traf den mann aus der karibik in einem cafe am st. marks place. er überließ mir freundlicherweise die diskette mit den charon- und kovacs-geschichten. dann folgte ich ihm in eine garage an der neunten straße. sie war voll geräumt mit technischen geräten und riesigen regalen voller videokassetten. der mann sprach kaum ein wort mit mir. er zeigte mir eine in kunststoff verschweißte ausweiskarte der northwest airlines. darauf war ein foto und darunter der eingeprägte name: inspektor george forster. er warf die karte in eine flüssigkeit und zog sie nach einer weile mit der pinzette wieder heraus. die durchsichtige verschweißung hatte sich aufgelöst. reste wischte er mit einem tuch weg. das foto ließ sich leicht ablösen und durch eines von mir ersetzen. ein apparat schweißte die karte wieder

ein. ich war entlassen. nicht ohne einen guten rat mit auf den weg zu bekommen. ich solle die karte nicht zu viel herzeigen und auf keinen fall damit eine grenze der usa überschreiten. inspektor george forster nickte.

george forster, entdecker des wahren amerika

ich flog noch am selben tag nach detroit. es funktionierte. am check-in zeigte ich meine karte und bekam einen platz in der ersten klasse zugewiesen. im flugzeug wurde ich sofort gefragt, was ich trinken wolle. ich sagte, ein bud, und es wurde serviert. ich vermied es, mich mit den stewardessen in gespräche einzulassen. in detroit besorgte ich mir beim northwest-schalter einen gesamtfahrplan der fluglinie. ich war entzückt, als ich sah, dass ich fast überallhin fliegen konnte. eigentlich wollte ich eine maschine nach cleveland nehmen, um auf schnellstem weg zu onkel sidney zu kommen. doch während ich im weitläufigen flughafengebäude herumschlenderte, überlegte ich es mir anders und ich nahm eine maschine nach san diego. wieder bekam ich einen platz in der ersten klasse. der flug dauerte sechs stunden und es gab zweimal warmes essen. ich studierte den flugplan und machte mir notizen. aber das war nicht weiter auffällig. es entsprach offenbar dem, was man von einem fluginspektor erwartet.

in den ersten wochen war ich nervös. ich dachte, irgendwann werde ich auf jemanden treffen, der den wirklichen fluginspektor george forster kennt. doch ich traf nieman-

den. ich gab mir alle mühe, die flugrouten so wenig wie möglich zu wiederholen. es ließ sich aber nicht vermeiden, dass ich alle paar tage in detroit oder memphis landete, den knotenpunkten der fluglinie.

die nächte waren schwierig. es gab nämlich gar nicht so viele langstreckenflüge, auf denen ich fünf, sechs stunden schlafen konnte. zum glück kam ich bald dahinter, dass northwest einen vielflieger-club eingerichtet hatte, der in den größeren flughäfen räume zur entspannung bot. ich probierte den club erstmals in dallas aus, und siehe da, meine karte verschaffte mir freien zutritt. ich konnte dort nach lust und laune essen und trinken. auch gab es bequeme liegestühle. in einigen niederlassungen des clubs gab es auch duschen, leider nicht in allen, was auf meinen flugplan einen erheblichen einfluss nahm. waschmaschinen und trockner gab es nur in phoenix und cincinnati. manchmal wurden mir von angestellten papiere und listen überreicht.

oh, sagte ich, das ist jetzt ungelegen. ich bin gerade auf einer längeren visite. können sie das denen nicht einfach schicken?

ein deutliches handikap war mein koffer gewesen. ich hatte ihn nach einer woche mit dem größten teil seines inhalts auf dem flohmarkt in new orleans verkauft. mit zwei anzügen, vier hemden und unterwäsche kam ich durch. das ließ sich als handgepäck transportieren. in chicago gelang es mir, an eine dieser reisetaschen ranzukommen, die die fluglinie ihren angestellten zur verfügung stellte, eine mit rädern und ausziehgriff. ich musste sie allerdings stehlen und ließ mich vorsichtshalber eine zeit lang nicht mehr

in chicago blicken. von da an hatte ich eine offizielle ausstattung und begann mich sicher zu fühlen.

nach der zeit des vorsichtigen umblickens und der angst vor dem ertapptwerden kam die zeit des intensiven lesens. ich hatte nur ein buch bei mir, naked lunch. ich las es viermal, dann schenkte ich es einer schwarzen stewardess, die ich schon mehrmals getroffen hatte. sie hat die botschaft sofort verstanden. ich begann meinen flugplan mit dem ihren zu koordinieren und weihte sie eines tages in mein geheimnis ein. sie war begeistert. von memphis bis seattle schüttelte sie ununterbrochen den kopf und lachte. wir konnten uns nicht oft treffen, da sie über wochen mit denselben kollegen flog.

aber wenn wir zusammen waren, hatten wir eine menge zu tun. ich malte herzen auf styroporteller, sie steckte den finger in mein orange juice und schleckte ihn genüsslich ab. doch es gab keinen ort, an dem wir uns lieben konnten. ausgerechnet in nashville gelang es uns dann doch. sie fuhr mit ihrer crew ins hotel und holte mich später mit dem taxi nach. wir liebten uns zu dröhnender countrymusic. ich war so geladen, dass es mir viel zu früh kam. schon beim vorspiel schoss in hohem bogen das sperma aus mir heraus. ich explodierte regelrecht. sie hatte angst, die kolleginnen in den zimmern nebenan könnten uns hören.

am nächsten morgen hing ein samenfaden von der nachtkästchenlampe herab. sie steckte mir zehn dollar für das taxi zu und schob mich durch die tür. als wir uns das nächste mal trafen, warf sie mir eine zitrone in den chablis, und beim übernächsten mal füllte sie den ganzen juice-becher mit eis.

ich traf sie dann nur noch einmal. da gab sie mir ihren flugplan für die nächsten monate und empfahl mir, diese flüge zu meiden.

da ich kein buch mehr hatte, las ich zeitungen und zeitschriften, die es gratis gab. in diesen monaten war ich einer der bestinformierten menschen in den vereinigten staaten. kein baseballsieg, kein traktorrennen und keine affäre eines provinzpolitikers gingen an mir vorüber. mit dem wissen konnte ich nichts anfangen. zwar war ich in den usa, aber alles war zu weit weg, um bedeutung zu haben. ich begegnete dem land nicht, ich sah es nur von oben. jede stadt erkannte ich an ihrer skyline, doch es war mir verwehrt, durch die straßen zu gehen. ich hatte kein geld, um den flughafen zu verlassen. das nutzloseste, was ich an mir hatte, war die uhr. ich verkaufte sie einem passagier, dem sie gefiel. das hatte einen doppelten vorteil für mich. ich sparte mir das ständige umstellen der zeiger und ich hatte geld für bustickets. so sah ich das kunstmuseum von detroit. interessiert hätte mich noch vieles. doch in san francisco gab ich das ganze geld in einem nachtlokal aus und musste dann einen halben tag zum flughafen hinaus wandern. die vereinigten staaten bestanden für mich erneut aus flughäfen und flugperspektiven. wenn ich in einer zeitung aus wyoming las, dass ein bär im supermarkt eines dorfes eingebrochen hat, sehnte ich mich danach, einen bären zu sehen. dutzende male flog ich bei klarem wetter über die rocky mountains. ich suchte und suchte, aber ich fand keinen bären.

so ging meine intensive lesephase langsam vorbei. ich sah beim fenster hinaus und stellte mir vor, ich würde auf

den tragflächen sitzen und mir die vierzig grad minus um die ohren blasen lassen. ich sah meine hände an der tragflächenkante festgekrallt und überlegte, wann werde ich loslassen? wie lange würde ich zu boden fallen? ich versuchte es auszurechnen. das beschäftigte mich, ich wollte unbedingt wissen, wie viel zeit mir bis zum aufschlag bliebe. würde ich es schaffen, bei bewusstsein zu bleiben?

am boden hielt ich es immer weniger aus. ich konnte dort auch kaum noch schlafen. mir fehlte das motorengeräusch. ich sah die passagiere in den liegestühlen und auf bänken, die hände in die trageschlaufen der daneben stehenden koffer verkrallt. ich beobachtete das trostlose bild gehetzten, ängstlichen lebens, zog den griff aus der reisetasche und ging mit dem nächsten flug heim in die luft. die wartezeiten vor den startbahnen kamen mir zusehends länger vor. sie waren kaum durchzustehen. in einem endlosen gänsemarsch schoben sich die flugzeuge im schritttempo voran, bis endlich die motoren aufheulten. erleichtert atmete ich auf, wenn das flugzeug in den dichten nebel eindrang, wenn es gerüttelt wurde und draußen nichts mehr zu sehen war.

es war das erste mal in meinem leben, dass es mir gut ging. ich saß da, schaute aus dem fenster und war überzeugt, im luftleben mein glück gefunden zu haben. vor allem wenn die erde unter einer wolkendecke versteckt war. ich liebte es, darüber zu schweben und hinab zu sehen auf den milchigen, gerippten brei, der die welt verbarg. ich wünschte mir, diese trennung zwischen mir und der welt sollte bestehen bleiben. ein leben lang wollte ich nur noch das brummen der triebwerke hören, das pfeifen des fahrt-

winds und unter mir nichts mehr sehen als weiße watte. sie war immer anders. es gab keine exakten ecken und es gab keine exakten rundungen. manchmal war es ein zerklüftetes baumwollgebirge, manchmal eine weite milchebene, dann wieder ein flüchtiger flaum, spinnweben, die gewichtlos dahinzogen. einmal waren die wolken in dicken, parallelen streifen gruppiert, als wären sie von schneepflügen aus der flugbahn geschafft worden. ich versuchte zu vergessen, was baumwolle ist, was milch, was flaum, was spinnweben und schneepflüge. warum sollte ich meine neue welt mit der alten vergleichen? ich könnte ja später, sollte ich einmal dahinter kommen, was wolken sind, die alten gegenstände und landschaften mit ihnen vergleichen.

immer deutlicher begann ich die wolken als seelenspiegelungen zu sehen. nicht nach dem sichtbaren wollte ich sie benennen, sondern nach dem spürbaren. oder vielleicht sollte ich sie gar nicht benennen, damit auch das spürbare eine chance hat, jedes mal anders zu sein. in solchen momenten schien mir nichts trostloser als die aussicht, irgendwann in diese undurchdringliche, bleischwere masse des gewöhnlichen lebens zurückzukehren.

ich versuchte mir vorzustellen, was passieren würde, wenn das flugzeug abstürzte. welche gedanken würden mir kommen? vielleicht eine klare erkenntnis davon, was ich im leben falsch gemacht habe. ein letztes, aber vergebliches verstehen, was überhaupt falsch läuft auf der welt. und ich schaute auf das triebwerk hinaus und sehnte mich danach, dass es in brand gerät.

während mir die menschen immer deutlicher wie automaten erschienen, kamen mir die flugzeuge zusehends le-

bendiger vor. es gab nicht nur eine erstaunliche artenvielfalt, manche maschinen waren wie persönlichkeiten, die mir sympathisch oder unsympathisch waren. die einen bockten, die anderen waren geschmeidig, die einen heulten, die anderen schnurrten, die einen führten voller stolz ihr muskelspiel vor, die anderen versuchten die landeklappen heimlich aus- oder einzufahren, die einen droschen mit den krakenfüßen auf den fußboden ein, die anderen legten die beinchen sanft ins gefieder. es gab maschinen, die erkannte ich von außen wieder, selbst aus der ferne, wenn sie tausend meter unter uns vorbeiglitten. ich grüßte sie und manchmal grüßten sie zurück. wenn das flugzeug in turbulenzen geriet und der kapitän bekannt gab, dass alle passagiere sich anschnallen sollten, schloss ich erwartungsvoll die augen.

zuletzt stand in detroit wegen eines heftigen gewitters das rollfeld unter wasser, und wir konnten nicht landen. eine halbe stunde lang kreisten wir inmitten von blitz und donner. das flugzeug sackte so stark ab, dass es uns aus den sitzen hob, es schraubte sich wieder hoch, es trudelte, es wurde durchgerüttelt, als wäre es die spitze eines riesigen presslufthammers. in der kabine blinkten plötzlich alle lichter. manche passagiere begannen zu schreien und riefen gott zu hilfe. ich genoss das. ich dachte, diesmal könnten wir es schaffen. das gesicht ans fenster gepresst. ich fühlte, wie die wolken mich aufnahmen. wie sie spielten mit mir. wie sie feuer spuckten vor freude. noch einen moment, und ich würde der schwere entledigt sein, würde die harte erdenschale absprengen und leicht werden wie luft.

doch da gab es einen schlag und wir schossen hinaus aus dem dunklen nebel, waren plötzlich umgeben von gleißendem licht. die maschine schwänzelte und flatterte noch ein wenig, dann glitt sie wieder ruhig dahin und landete mit einer sturheit, als wäre nichts geschehen.

am gate kamen zwei männer auf mich zu und fragten: george forster? ich grüßte sie freundlich, überreichte ihnen die reisetasche und sagte: fast wären sie zu spät gekommen.

am flugsteig folgten sie mir bereitwillig zum fenster. eine boing 747 wurde gerade von der brücke aufs rollfeld geschoben. sie sah aus, als wäre sie schwanger. dann wendete sie und zeigte mir ihr spitzes kleines arschloch.

wir haben sie elf monate beschattet, sagte der mit meiner reisetasche. wir dachten, sie seien ein agent.

ich kenne den job eines agenten nicht, antwortete ich. ich habe das wahre amerika entdeckt, und ich weiß, dass mich nichts davon abhalten kann, dorthin zurückzukehren.

editorische notiz

ich hatte in frankfurt zu tun
erstveröffentlichung in: hubert winkels (hg.): beste deutsche erzähler 2004. münchen 2004

die schlacht um wien
neufassung. erstveröffentlicht in: leben in der asche: trümmerjahre in wien 1945–1948, bildband (mit otto r. croy und gerhard jagschitz), wien 1993

amerika. ein reiseepos
ersteinspielung auf cd: amerika. ein reise-epos für eine statarische stimme und zwei zügellose zugposaunisten.
bertl mütter – posaune/stimme. werner puntigam – posaune/stimme.
buchkultur cd. isbn 3-901054-09-7 ex 170cd. wien 1993

alle weiteren erzählungen werden in diesem band zum ersten mal veröffentlicht.

nur der ersten auflage dieses buches liegt folgende cd bei:

josef haslinger
amerika. ein reiseepos

1	the star spangled banner	(john stafford smith/arr. mütter)	1:10
2–3	charon	(josef haslinger)	6:25
	bhotr	(bertl mütter)	0:22
4	nashville	(josef haslinger/bertl mütter)	3:51
5	sanctus	(bertl mütter/ werner puntigam)	3:19
	obj	(bertl mütter)	0:26
6–7	joe kovacs	(haslinger/mütter/puntigam)	10:51
	nobkno	(bertl mütter)	0:23
8–9	gutes altes bud	(haslinger/mütter/puntigam)	14:08
	hacol	(mütter)	0:22
10–11	riverside park	(haslinger/3 standards)	5:55
	it's only a paper moon	(harold arlen, arr. mütter)	1:00
	blue monk	(thelonious monk, arr. j. j. johnson)	1:20
	lover man	(kurt weill, arr. mütter)	2:45
	ofoho	(bertl mütter)	0:23
12–13	metropolitan	(haslinger/mütter/puntigam)	8:30
	ochs	(bertl mütter)	0:26
14–16	george forster, entdecker des wahren amerika	(haslinger/mütter/puntigam)	15:09

es liest und rappt: josef haslinger
es spielen: bertl mütter (posaune/stimme) und werner puntigam (posaune/stimme)
die zwischenfanfaren »bhotr«, »obj«, »nobkno«, »hacol«, »ofoho« und »ochs« bilden zusammen den kürzestzyklus »6 patriotische excerpte für 2 trombonen«.

der von josef haslinger gelesene text entspricht der gleichnamigen erzählung in diesem buch. mehr informationen zu bertl mütter und werner puntigam sind zu finden unter und *www.servus.at/pntgm.*

eine produktion des hessischen rundfunks